Ferdinand Sonnenburg

Herzog Anton Ulrich von Braunschweig als Dichter

Ferdinand Sonnenburg

Herzog Anton Ulrich von Braunschweig als Dichter

ISBN/EAN: 9783743394490

Hergestellt in Europa, USA, Kanada, Australien, Japan

Cover: Foto ©Andreas Hilbeck / pixelio.de

Weitere Bücher finden Sie auf **www.hansebooks.com**

Herzog
Anton Ulrich
von Braunschweig

als Dichter

Von

Ferdinand Sonnenburg

Berlin 1896
Verlag von Leonhard Simion

Vorwort.

Unsere litterargeschichtlichen Werke geben dem Herzoge Anton Ulrich von Braunschweig nicht die Stellung, die ihm gebührt. Von seinen Dichtungen wird in der Regel nichts als die Titel erwähnt; nur Cholevius und Bobertag behandeln ihn ausführlicher. Was letzterer von den Romanen Anton Ulrichs sagt, das wird niemand unterschreiben, der diese Werke selbst gelesen hat. Über die Dramen des Herzogs ist bisher überhaupt nicht geredet worden, sie sind nicht bekannt gewesen. Ich fand sie in einem Schranke der Bibliothek zu Wolfenbüttel, in welchem die Werke des Herzogs aufbewahrt werden. In den Katalogen der Bibliothek waren sie nicht aufgeführt.

Anton Ulrich verdient in vollem Maße eine genauere Beachtung; seine Beziehungen zu unseren Klassikern sind unverkennbar, wenn sie bisher auch noch nirgends hervorgehoben wurden. Die ungewöhnlich große Masse des Stoffes, der bewältigt werden muß, mag manchen Forscher zurückgehalten haben. Was ich in den folgenden Blättern auf Grund eingehender Studien biete, wird, wie ich hoffe, die bisher geltenden Ansichten über Anton Ulrich in den wesentlichsten Punkten umgestalten.

Dem Herrn Oberbibliothekar Prof. Dr. v. Heinemann in Wolfenbüttel, sowie dem Herrn Bibliothekar Dr. Milchsack und dem Herrn Archivar Dr. Zimmermann daselbst sage ich meinen verbindlichsten Dank für gütiges Entgegenkommen.

Braunschweig, im Mai 1896.

Ferdinand Sonnenburg.

Inhalt.

Zur Litteratur.

1. v. Lettow, Paneg. in Ant. Ulr. Braunschweig 1705.
2. Petersen, Paneg. Ant. Ulr. Frankfurt 1714.
3. Böhmers, Memor. aetern. Duc. Ant. Ulr. Helmstädt 1714.
4. Rethmeyer, Braunschw. Chronik III, 1639 ff.
5. Pfeffinger, Hist. des Braunschw.-Lün. Hauses. 1732. II, 466 ff.
6. Wezel, Hymnopoeographie I, 61 ff.
7. v. Praun, Bibl. Brunsv. Luneb. Wolfenbüttel 1747. 510 ff.
8. Bodmer, Krit. Betracht. über die Gemälde der Dichter. 548 ff.
9. Sulzer, Theorie der schönen Künste. Leipzig 1792, 202 ff.
10. (Küttner), Charaktere deutscher Dichter und Prosaisten. Berlin 1781. I, 167 ff.
11. Versuch einer Nachr. v. d. gelehrten Herzögen und Herzoginnen von Braunschw.-Lün. 1790. 31 ff.
12. Franz Horn, Geschichte u. Kritik der deutschen Poesie. Berlin 1805. 155 ff.
13. Jördens, Lexif. deutscher Dichter I, 55 ff.
14. Gruber, Wörterbuch zum Behuf der Ästhetik I, 200 ff.
15. Adelung, Fortf. des Jöcherschen Lexif. I, 944.
16. Allgem. Encyklop. von Ersch u. Gruber III, 336 ff.
17. Allgem. Deutsche Biogr. I, 487 ff.
18. Anton Ulrich u. Elisabeth Christine von W. Hoeck. Wolfenbüttel 1845.
19. Cholevius, Die bedeutendsten deutschen Romane des 17. Jahrhunderts. Leipzig 1866.
20. Bobertag, Geschichte des Romans und der ihm verwandten Dichtungsgattungen in Deutschland. Berlin 1879.

Verzeichnis
der Werke des Herzogs Anton Ulrich.

1. Christ-Fürstliches Davids-Harpfen-Spiel:
   Erster Druck 1665 Nürnberg,
   Zweiter » 1667 »
   Dritter » 1670 Wolfenbüttel.

2. Aramena:
   Erster Druck 1669—1673 Nürnberg, 5 Bände,
   Zweiter » 1678—1680 » 5 »

3. Octavia:
   Erster Druck 1677 Nürnberg, 6 Bände,
   Zweiter » 1685—1707 Nürnberg, 6 Bände,
   Dritter » 1712 Braunschweig, 7 Bände,
   ? Bruchstück eines 7. Bandes 1762 Wien.

4. Dramatische Werke:
   ? 1. Friedenssieg 1648,
      2. Ballet der Minerva 1655,
      3. Amelinde 1657,
      4. Regierkunst-Schatten 1658,
      5. Andromeda 1659,
      6. Orpheus 1659,
      7. Ballet des Tages 1659,
      8. Ballet der Natur 1660,
      9. Maskerade der Hercinie 1661,
     10. Iphigenia 1661,
     11. Jacob des Patriarchen Heirat 1662,
     12. Daniel 1663,
     13. Ballet der Diana 1663,

14. Die verstörte Irmenseul oder Das bekehrte Sachsenland o. J.,
15. Selimena o. J.,
16. Des Trojanischen Paribis Urteil o. J.,
5. Opfer der Heiligen 1702 Wolfenbüttel.

Auf der Herzoglichen Bibliothek zu Wolfenbüttel sind vorhanden:

Himmlische Lieder. Original-Handschrift des Prinzen vom 1. Jan. 1655, enthält 34 Lieder.

Christ-Fürstliches Davids-Harpfen-Spiel:
>   Erster Druck 1665,
>   Zweiter » 1667,
>   Dritter » 1670.

Aramena:
>   Erster Druck 1669—1673,
>   Zweiter » 1678—1680, dreimal, darunter das Handexemplar
>   des Herzogs Ferdinand Albrecht von Braunschweig-
>   Bevern; außerdem mehrere einzelne Bände.

Octavia:
>   Erster Druck 1677; der erste Teil fehlt.
>   Zweiter » 1685—1707, zweimal, darunter das Handexemplar
>   der Herzogin Christine Louise; sie war die Schwieger-
>   tochter des Herzogs Anton Ulrich, Gemahlin des Erbprinzen
>   Ludwig Rudolf, Tochter des Fürsten Albert Ernst von
>   Öttingen.
>   Dritter Druck 1712.

Dramatische Werke:
>   Amelinde 1657,
>   Regierkunst-Schatten 1658,
>   Andromeda 1659,
>   Orpheus 1659,
>   Ballet des Tages 1659,
>   Ballet der Natur 1660,
>   Iphigenia 1661, zweimal,
>   Maskerade der Hercinie 1661,
>   Jacob des Patriarchen Heirat 1662,

Daniel 1663, dreimal,
Ballet der Diana 1663,
Des Trojanischen Paribis Urteil o. J.,
Selimena o. J.

Opffer der Heiligen 1702, enthält erbauliche Betrachtungen.

Ein Teil der Original-Handschrift der Octavia, 3 Bände in
Quer-Folio, ganz von des Herzogs eigener Hand geschrieben.

Eine vollständige holländische Übersetzung der Aramena, Hand=
schrift in 5 dicken Bänden.

Ein kleiner Teil einer holländischen Übersetzung der Octavia,
Handschrift in einem Bande. Der Übersetzer der beiden Werke
ist nicht genannt. Die Schrift ist nicht die des Herzogs, sie
ist ungewöhnlich klar und schön, wie die eines kunstgeübten
Schreibers.

Außerdem besitzt die Bibliothek ein schönes Ölbild des Herzogs,
Brustbild, wohl eine Kopie nach dem Kniestück im Museum
zu Braunschweig.

Anton Ulrich.

I. Die Jugendjahre 1633—1655.

In Geschlechtern, welche jahrhundertelang eine hervorragende Stellung behaupteten, pflegen sich besondere Charakterzüge auszubilden, die allen Mitgliedern derselben mehr oder weniger eigen sind. Das Geschlecht der Welfen könnte man ein heroisches nennen; der Beiname ihres Ahnherrn Heinrich des Löwen würde vielen von ihnen gerecht sein. Sie zeigen uns hohe persönliche Tapferkeit, ja tollkühnen Mut, daneben zähe Ausdauer und eine Lebenskraft, welche viele von ihnen ein ungewöhnlich hohes Alter erreichen ließ. Doch auch die starke Sinnlichkeit der Heldennaturen vermissen wir nicht, die Freude am Genuß, an Reichtum und Pracht; es ist naturgemäß, daß ein solches Geschlecht nach äußerer Ehre, nach glänzender Stellung strebt und seine Herrschermacht stetig auszubreiten sucht.

Während einige Welfen durch Sinnlichkeit und Gewaltthätigkeit eine Entartung erkennen lassen, zeigen sich uns andere Mitglieder dieses Geschlechtes als Heroen des Geistes, und die Zahl der Fürsten dieser letzteren Art

1

ist nicht klein. Vielleicht der bedeutendste von ihnen war
der Herzog August der Jüngere, 1579—1666. In
Dannenberg war er als jüngster Sohn des Herzogs Heinrich
geboren; mit kraftvollem Körper verband er hohe Geistes-
gaben und idealen Sinn, der mit nie ermattender Ausdauer
im Dienste alles Guten und Edlen bis zum letzten Augenblicke thätig war. Auf den Universitäten Rostock, Tübingen
und Straßburg gab er sich mit Eifer gelehrten Studien
hin, auf langen Reisen durch Italien, Frankreich, England,
Holland vermehrte er die Fülle seines Wissens und die Gewandtheit seines Geistes. Nach der Rückkehr in die Heimat
wurde ihm als jüngerem Prinzen nur ein sehr bescheidener
Besitz zuteil, Stadt und Amt Hitzacker an der untern Elbe.
Wie eine Stätte der Verbannung erscheint der abgelegene
Ort, doch für Herzog August wurde er ein glückliches
„Ithaka", wo er im Dienste der Wissenschaften ungestört
thätig sein konnte. Dreißig Jahre lang wohnte er hier,
unbekümmert um die Händel der Welt; er füllte seine Tage
mit Studien der mannigfachsten Art, er stand in weit-
reichendem Briefwechsel mit den ersten Gelehrten seiner
Zeit, er verfaßte wertvolle Schriften, er sammelte eine
Bibliothek, die an Zahl und Bedeutung der Werke bald
kaum noch ihresgleichen hatte; in seiner klugen Hand reichte
selbst die geringe Einnahme weit.

Das Jahr 1635 riß den Gelehrten von seinem Musen-
sitze mitten in die hochgehenden Wogen der Welthändel.
Nach dem Tode des Herzogs Friedrich Ulrich übernahm
Herzog August die Regierung des Herzogtums Braunschweig-
Wolfenbüttel, und seine Herrschaft, die er fast 32 Jahre
ausübte, wurde eine Zeit des Segens für das arme, ver-

wilderte Land. Er schuf Ordnung in der Verwaltung und Rechtspflege, in Kirche und Schule, er führte den Wohlstand in Stadt und Land zurück, er griff überall persönlich ein, und niemals war ihm der Dienst für sein Land und sein Volk zu schwer oder zu gering; ja er fand noch Zeit und Mittel zu einem Werke, welches seinem Namen Ehre schuf, soweit menschliche Bildung reicht, es war die Gründung der Wolfenbüttler Bibliothek, welche beim Tode ihres Stifters die reichste und wertvollste Büchersammlung der Welt war.

Herzog August war dreimal vermählt. Seine zweite Gemahlin war Dorothea, Tochter des Fürsten Rudolf von Anhalt-Zerbst. Sie starb nach nur elfjähriger Ehe im Jahre 1634; ihre Söhne waren Rudolf August und Anton Ulrich, beide geboren in Hitzacker, der erstere am 16. Mai 1627, der zweite am 4. Oktober 1633. Dem älteren Prinzen waren von des Vaters Eigenschaften nur die fromme, überlegende Beschaulichkeit und die Vorliebe für die Jagd zuteil geworden; Erbe der glänzenden Gaben seines Erzeugers war Anton Ulrich, des Vaters Liebling von früher Jugend an.

Mit besonderer Sorgfalt überwachte Herzog August die Erziehung seiner Söhne. Ihr Hofmeister war Friedrich von Cramm, ein treuer, gewissenhafter Mann, der die Prinzen streng hielt. Er blieb in seinem Amte längere Zeit und begleitete die Prinzen auch auf ihren Reisen. Später trat er in brandenburgische Dienste und starb als Rat und Oberhofmeister im Jahre 1671.

Anton Ulrichs erster Informator war von 1638—1646 Justus Georgius Schottelius aus Eimbeck. Er hatte

1*

die Rechte studiert und sich eine vielseitige Bildung erworben. Außer juristischen Schriften verfaßte er eine aus-
führliche Grammatik der deutschen Sprache und eine deutsche
Verskunst, auch dichtete er den Text zu einigen Singspielen,
welche am Hofe zu Wolfenbüttel aufgeführt wurden. Er
starb als braunschweigischer Kammerrat 1676. Bei seiner
Berufung wurde ihm vorgeschrieben, er solle den Prinzen
„in Gottesfurchten, der reinen augsburgischen Konfession
und Katechismo Lutheri gemäß, honestis literis et artibus
liberalibus, auch moribus Principe dignis mit allem
getreuen Fleiß instruiren".

Den Unterweisungen dieses Lehrers folgte Anton Ulrich
mit solchem Eifer und Ehrgeiz, daß er öfter vor der Gefahr, seine Kräfte übermäßig anzuspannen, behütet werden
mußte. In einem seiner regelmäßigen Berichte an den
Herzog sagt Schottelius von seinem Zöglinge: „Instanter
stimulat et insaturabiliter simile studiorum negotium,
quod mihi in manibus videt, petit et actitat." Auch
die körperliche Gewandtheit des Prinzen und sein freund-
liches, zutrauliches Wesen wurden gerühmt.

Viel Zeit wurde auf den Unterricht in der Religion
verwendet. Vor engherzigem Eifern suchte Herzog August,
der selber stets zur Mäßigung und zum Frieden mahnte,
seine Kinder sorgfältig zu bewahren; ihm stand das Christentum, wie es in den Schriften der Apostel enthalten ist,
höher als jede künstliche Theologie, und mit Festigkeit sorgte
er dafür, daß christliche Duldung in seinem Lande kein
leeres Wort blieb. Die Bibliothek zu Wolfenbüttel bewahrt ein Heft von des Herzogs Hand, in welchem der
Fürst 63 Kindergebete für alle vorkommenden Fälle ver-

zeichnet hat. Ein Abschnitt aus der Bibel wurde jeden Morgen gelesen und erklärt.

Die Frucht dieser Erziehung wurde für Rudolf August eine innige, kindlich gläubige Frömmigkeit und ein unerschütterliches Gottvertrauen, das ihn bis an sein Lebensende erfüllte. Bedenken oder gar Zweifel kannte er niemals.

Nicht in demselben Maße wie für seinen Bruder wurde für Anton Ulrich die Religion die alles beherrschende Macht des Geistes; ihm war sie mehr Sache der Erkenntnis, wie seinem Erzieher Schottelius, zu dem später noch Siegmund von Birken — er veränderte seinen Namen in „Betulius" — hinzutrat. Anton Ulrich vermochte nicht in seinem Glauben zu ruhen; sein feuriger Geist dürstete auch nach anderer Nahrung.

Mittel zur weiteren Ausbildung bot die Universität Helmstedt, welche Anton Ulrich 1650 bezog. Hier hörte er unter andern die Vorlesungen des berühmten Theologen Georg Calixt, der auch die reformierte und die katholische Lehre durch gründliches Studium und eigene Anschauung in fremden Ländern kennen gelernt hatte und in seinen geistvollen Schriften die Ansicht begründete, daß eine Wiedervereinigung der evangelischen und katholischen Kirche sich sehr wohl auf gemeinsamer Grundlage durchführen ließe.

Als Frucht der theologischen Studien des Prinzen erscheint eine Arbeit, durch welche er zugleich eine hervorragende dichterische Anlage bekundete. Am Neujahrstage 1655 übersandte er von Dannenberg aus, wo er sich öfter aufhielt, dem Vater seine Glückwünsche mit einem Briefe, der von einem Manuskript begleitet war; beides ist noch jetzt in der Bibliothek zu Wolfenbüttel vorhanden. Die Handschrift ist in blauen Sammet gebunden, mit breiten gelben Seidenbändern wird sie verschlossen; sie enthält, ganz von des Prinzen Hand in seinen eigentümlich krausen Buchstaben geschrieben, 34 „Himmlische Lieder". Auf der letzten Seite des Bandes ist der oben erwähnte Brief eingeklebt, und eingelegt in das Buch ist ein großer Bogen, auf welchem sich Entwürfe zu Liedern der Reinschrift finden. Diese Entwürfe sind vielfach verbessert, aber auch die Korrekturen sind unzweifelhaft nur von der Hand des Prinzen. Die Behauptung Spehrs in der Allgemeinen Biographie, diese Lieder seien von Schottelius „wie ein Schülerexercitium durchkorrigiert", ist ganz falsch; Spehr kann die Entwürfe nur sehr flüchtig angesehen haben, wenn er sie überhaupt in Händen gehabt hat.

Offenbar ist auf diese Lieder viel Fleiß verwendet. Für den Anfang des in Strophen gebrachten 23. Psalms sind drei verschiedene Entwürfe vorhanden. Von einem der Lieder findet sich die erste Strophe in einer von den späteren Drucken stark abweichenden Form. Die Veränderungen sind bezeichnend. Die beiden Fassungen lauten:

Handschrift:

Ach Gott des große Güte   mir sünder hilfet auf,
Stell ich mir fürs gemühte   der übertretung lauf
Wie groß und viele sünden   in meinem Herzen sein
ist doch mehr gnad zu finden   in deines Herzens schrein.
Das ist mein trost, bei dir ist gnad und segen
ja alle sünd kannstu Gott von mir legen.

Druck von 1665 Seite 122, von 1670 Seite 192:

Gott! dessen Wunder-güte,
dem Sünder hilfet auf!

stell ich mir für gemüte,
der Übertretung Lauf,
wie frech und grosse Sünden
mein Herze schliessen ein:
kann ich mehr Gnad doch finden
in deines Herzens Schrein.

Diese Lieder wurden, bis auf 63 vermehrt, zum erstenmal 1665 in Nürnberg gedruckt. Im Jahre 1667 erschien eine zweite Auflage, in welcher sämtliche Lieder mit Melodien versehen sind. Komponiert wurden sie von der Stiefmutter des Dichters, der frommen und klugen Sophie Elisabeth von Mecklenburg. Die Melodien sind zweistimmig im Diskant= und im Baßschlüssel gesetzt und beweisen Kenntnis der Harmonielehre.

In dieser Gestalt ist auch die nun folgende, als zweite bezeichnete Auflage gedruckt. Sie erschien 1670 in Wolfenbüttel und trägt den Titel: Christ=Fürstliches Davids= Harpfen=Spiel: zum Spiegel und Fürbild Himmel=flammender Andacht, mit ihren Arien oder Singweisen, im zweyten Druck hervorgegeben. Wolfenbüttel, Bey Paul Weiß, Fürstl. Br. Lüneb. Hof=Buchdrucker. Anno 1670.

Im Jahre 1683 wurden die Lieder in das meiningische Gesangbuch aufgenommen, wohl aus verwandtschaftlichen Rücksichten der Herrscherhäuser. Eine Auswahl gab Wendebourg, Halle 1856.

Was den Inhalt dieser geistlichen Lieder des jungen Prinzen anbetrifft, so fällt sogleich ihre vorwiegende Richtung zum praktischen Christentum auf. Wir finden ein „Morgenlied", „Abendlied", „Verlangen nach Gott", Jesuslob", „Dank für göttliche Wohlthaten", „Kreuztrost", „Alles ver=

gänglich", „Hülfaufsuchen", „Freunde-Erkenntnis", „Sonn=
tagsruhe", „Sorgen ist vergeblich", „Weihnacht=Gedanken"
u. dgl. Die herkömmlichen theologischen Schulredensarten
jener Zeit fehlen fast ganz. Niemand wird leugnen können,
daß der junge Dichter schon in diesem Erstlingswerke ein
ansehnliches Maß von Selbständigkeit zeigt. Auch die Form
beherrscht er mit gewandter Hand. Als die besten der
Lieder könnte man nennen:

XVI Ganz keine Freud·
ist sonder Leid
zu finden auf der Erden. (9 Strophen).
XXVII Mein Gott! verlaß mich nicht, wann ich werd hie
verlassen.
Mein Gott! bleib du mein Trost, wann ich hier trostlos bin.
Ach Schöpfer! laß mich nicht, wann mich die Welt will
hassen.
Ach! bleibe meine Lieb, wenn mich die Welt stöst hin.
(7 Strophen.)
XXXI Gott gib mir einen Freund, der es von Herzen meine.
(12 Strophen.)
XLIX Gott! du bleibest doch mein Gott. (6 Strophen.)

Das Lied XXXVI: Wer Jesum recht liebet, und Ihme
vertraut ist im lebhaften Daktylentakte geschrieben.

In dem Glückwunschbriefe vom 1. Januar 1655 spricht
der Prinz die Hoffnung aus, daß es ihm vergönnt sein
möge, in diesem Jahre auf Reisen zu gehen. Sein Wunsch
erfüllte sich. Mit seinem Bruder, dem Erbprinzen, besuchte
Anton Ulrich unter Cramms Führung die süddeutschen
Höfe, Holland, Italien. In Venedig soll Anton Ulrich
ein selbstverfaßtes Singspiel haben aufführen lassen. Von
Italien führte ihr Weg sie nach Frankreich. Ein längerer

Aufenthalt am Hofe Ludwigs XIV wurde in mehr als einer Beziehung entscheidend für Anton Ulrichs ganzes Leben. Das Streben nach glänzender Herrschermacht erfüllte von nun an seinen Geist, und der französische Hof war sein Vorbild in vielen Dingen

Nach der Rückkehr in die Heimat vermählte Anton Ulrich sich am 17. August 1656 mit Elisabeth Juliane von Holstein-Norburg. Der Vater zog ihn von nun an mit Vorliebe zu Regierungsgeschäften heran und unterwies ihn in der praktischen Thätigkeit des zukünftigen Herrschers. Im Jahre 1659 wurde der Prinz als „Der Siegprangende" in die Fruchtbringende Gesellschaft aufgenommen, der auch der Vater angehörte.

II. Die ersten zehn Jahre nach dem Aufenthalte in Paris 1656—1666.

Wenn der Kreis der Männer, welche durch Geburt und durch Geist ausgezeichnet waren, den jungen Prinzen unter einem so bedeutungsvollen Beinamen in seine Mitte aufnahm, so geschah das nicht allein aus Rücksicht auf seinen hohen Stand; Anton Ulrich hatte sich die Auszeichnung durch seine poetischen Leistungen verdient. Er hatte bramatische Dichtungen verfaßt, welche vielen Beifall fanden, als sie am Hofe zu Wolfenbüttel aufgeführt wurden. Ihre Zahl stieg bis zum Jahre 1666 auf achtzehn; von diesen werden vierzehn als Singspiele, drei als Balletts, eins als Maskerade bezeichnet. Drei der Singspiele (Jakob, Aeneas, Ödipus) hat Anton Ulrich später in seine Romane eingefügt, drei andere (Friedenssieg, Ballett der Minerva, Die verstörte Irmenseul) scheinen verloren gegangen zu sein; bie übrigen befinden sich in Einzelbrucken auf der Bibliothek zu Wolfenbüttel.

Den Namen des Verfassers tragen diese dramatischen Dichtungen ebensowenig, wie die späteren Romane des Herzogs; doch fehlt es nicht an Beweisen seiner Autorschaft. Der bündigste möchte wohl die genaue innere und äußere Verwandtschaft aller dieser Dichtungen sein, von denen, wie oben erwähnt, der Herzog drei durch Aufnahme in seine Romane als sein Eigentum anerkannt hat; zwei sind durch Andeutungen in den Vorreden beglaubigt: das „Ballett der Natur" ist dem Herzog Augustus gewidmet, um „der Würdigkeit des ruhmwertheften Alters kindlichen Respect und Ehre abzustatten"; im Vorwort zum „Ballett der Diana" wird der Verfasser bezeichnet als „der Hohe Erfinder dieser Erquickungs-Luft".

Sämtliche Dramen sind Gelegenheitsgedichte; fast alle wurden zur Feier des Geburtstages des Herzogs Augustus verfaßt, wie jedesmal auf dem Titelblatte ausgesprochen ist; „Orpheus" wurde am Geburtstage der Herzogin Sophia Elisabeth aufgeführt, und das „Ballett der Diana" verherrlicht die Vermählung der braunschweigischen Prinzessin Sibylla Ursula mit dem Herzoge Christian von Schleswig-Holstein.

Eine Schauspielertruppe unterhielt der Herzog Augustus nicht; der sparsame Hausvater verwandte seine Mittel zum Nutzen seines Landes und seiner Unterthanen, um die schweren Schäden des großen Krieges zu heilen, durch den gerade diese niedersächsischen Gegenden schlimm gelitten hatten. Nur ein Tanzmeister gehörte zum Inventar des

Hofes. Anton Ulrich vereinte die Mitglieder der Hof=
gesellschaft zum Liebhabertheater, und der Prinz war nicht
allein Dichter, sondern auch Schauspieldirektor und selber
Schauspieler.

Die kleine Bühne, auf welcher die Vorstellungen statt=
fanden, befand sich im herzoglichen Schlosse zu Wolfen=
büttel und ist in ihren ursprünglichen Verhältnissen bis
auf den heutigen Tag erhalten. Der fürstliche Dichter
mußte viel auf ihr zu leisten; seine Stücke erfordern einen
kunstvollen theatralischen Apparat, sie zeigen viele und um=
fangreiche Verwandlungen, die oft rasch auf einander folgen;
Versenkungen, Flugeinrichtungen u. dgl. werden öfter in
Anspruch genommen, sogar der Himmel mit den olympischen
Göttern muß herabschweben und wieder emporsteigen.

Nicht allein im Schauspiel, sondern auch im Gesang
und Tanz mußten die Herren und Damen des Hofes sich
zeigen, und außer ihnen wurden auswärtige Mitglieder der
eingesessenen Adelsfamilien herangezogen. Den drei Balletts
und der Maskerade sind Namensverzeichnisse der mitwirken=
den Personen hinzugefügt. Eins derselben, vom „Ballett
des Tages", möge hier Platz finden.

„Ordnung der Personen, welche in diesem Ballet ge=
tanzet.

Herr Anthon Ulrich, Hertzog zu Braunschweig und Lüneburg
Frau Elisabeth Juliana, Hertzogin zu Braunschweig und
    Lüneburg, gebohrne Hertzogin zu Schleßwig=Holstein
Fräulein Sibylla Ursula, Hertzogin zu Braunschweig
    und Lüneburg
Fräulein Maria Elisabeth, Hertzogin zu Braunschweig
    und Lüneburg
Fräulein Loysa Amoena, Hertzogin zu Schleßwig=Holstein

Herr August Ludowig, Graf zu Barby und Mühlingen

Fräulein Anthonia Sibylla, Gräfin zu Barby und Muh-
lingen

Wilhelm Bernhard von Hille

Adam Friedrich von Bornstedt

Abraham Montherby

Hieronymus Jm-Hoff

Monsieur Stern

Jacob Victor von Petersdorff

Ulric Roboam de la Marche, Tantzmeister

Daniel Jacob de Ville neuve

Andreas von Bernstorff

Zacharias von Quetz

Christoph Dieterich von Gabenstedt

Friedrich von Lenthe

Dieterich Christian von Lenthe

Christoph Otto von Steube

Friedrich Maximilian von Stain

Juliana von Molzan

Magdalena Elisabeth von Penzen

Margaretha von Guitedt

Francois Epstein

Helena Sophia von Schrotenbach

Margaretha Maria Urrye

Maria Elisabeth von Königsmarck

Barbara Eva von Kram

Magdalena Elisabeth von Stauff."

Es ist sehr bezeichnend, daß ausschließlich die fürstlichen
und gräflichen Personen „Herr", „Frau", „Fräulein" genannt, die abligen Mitspieler ebenso wie die bürgerlichen
nur mit Namen aufgeführt werden.

An diese vornehme Gesellschaft konnten keine hohen
Anforderungen in Bezug auf mimische Leistungen gestellt
werden; alle aber waren jung, und sicher wird die Mehr-

zahl von ihnen, wenn nicht alle, durch Schönheit und
Lebenslust geglänzt haben, auch prächtige Kleidung und
Schmuck wird ihnen uneingeschränkt zu Gebot gestanden
haben.

Mit den Verhältnissen, wie sie hier sich gestalteten, hatte
der fürstliche Dichter zu rechnen; sie gewährten ihm Vor-
teile, aber sie legten auch Beschränkungen auf. Man muß
gestehen, daß die sämtlichen Dramen sehr geschickt in den
vorgezeichneten Rahmen hineingepaßt sind. Ihre Aus-
dehnung ist mäßig, die Aufzüge kurz, sie enthalten viel
Handlung, zeigen lebhafte Bewegung und sind mit vielen
theatralisch wirksamen Zuthaten bedacht, alles ist sehr flott
ersonnen und geschickt geordnet. Diese Vorzüge aber sind
Verdienst des Dichters, denn, wie schon gesagt, große
Mittel stellte Herzog Augustus nicht für das Theater zur
Verfügung. Die Sprache der Dramen, gereimte Alexan-
driner, ist leicht, sie besteht zuweilen nur aus den üblichen
Redensarten, die Gedanken nehmen selten einen hohen Flug.
In einem Punkte aber zeigt sich überall die Hand des echten
Dichters: was er auch bieten mag, er sucht alles psycho-
logisch zu begründen, er zeigt sich als den feinen Kenner
aller Regungen des menschlichen Herzens. Und dieser Umstand verleiht den Dramen einen Wert, welcher ihre Mängel
zuweilen weit überwiegt. In dieser Hinsicht möchte man
sie zusammenstellen mit den lateinischen Komödien der Nonne
Roswitha von Gandersheim, welche ebenfalls in unvoll-
kommener Form einen edlen Kern bieten (Vergl. Köpke,
Die älteste deutsche Dichterin. Berlin 1869, S. 48 ff.).

Wir gehen nun zur Betrachtung der einzelnen Werke
über und beginnen mit den Balletts.

1. **Ballett des Tages**. 1659. Dem Herzog Augustus gewidmet und zur Feier seines einundachtzigsten Geburtstages im Schlosse zu Wolfenbüttel aufgeführt. Vier Teile. Gräfin Sibylle von Barby erscheint als Tag und singt ein Huldigungslied für den Herzog Augustus. Dann tritt die Wachsamkeit auf als Anführerin des ersten Teils und spricht ein Sonnett, in dem sie die frühe Arbeit preist. Nun folgen einzelne Gruppen, jede mit einem Führer, jede Gruppe stimmt ein Lied an, z. B. Vulkan führt zwei Schmiedegesellen herbei, indem er singt:

> Den Himmel sprach mir ab die Ungestalt der Glieder:
> Her, ihr Cyclopen, blast die Glut nur tapfer an.
> Wer fertig von der Hand, sein künstlich schmieden kann,
> Dem muß noch günstig seyn, was ihm sonst war zuwider.

Der Schauplatz, der vorher eine Halle zeigte, verwandelt sich in eine lustige Gegend, in den Feldern Schafherden, im Hintergrunde der Berg Ida; Paris und fünf Schäfer führen unter Gesang einen Tanz auf. Sie fordern von der Flur eine Fülle von Blumen zum Schmucke derer, welche den heutigen Tag feiern. Nun erscheinen Genius und Zephyrus und lassen unter Violenbegleitung ein Loblied auf den Landesherrn ertönen. Den zweiten Teil führt die Emsigkeit an; in der lustigen Landschaft Boeotia neben dem Brunnenquell Aon treten auf im Scheine der Morgensonne zuerst Virgil, dann Euclid und Archimedes, Achilles mit drei Soldaten, zuletzt die sieben freien Künste. Jeder in seiner Weise huldigt dem greisen Fürsten. Im dritten Teile kommen die drei Heliaden hervor, die Sonnentöchter, ihnen schließen im hellen Mittagslichte sich an die Scharfsinnigkeit, sodann zeigt sich Xanthippe mit vier

Mägden unter scherzhaftem Gesange, Ulysses mit zwei Wandersleuten, Aesopus und zwei Knechte. Der Schauplatz verwandelt sich in einen persischen Garten, Alexander Magnus kommt mit drei Persianerinnen und zween seiner Bedienten, alle lassen Lieder erschallen. Im vierten Teile zeigen sich die vier menschlichen Alter: Kindheit, Jugend, Mannheit, Alter; der Abend kommt heran. Die vier Alter singen gemeinschaftlich:

> Eilende Sonne, bezähme die Pferde,
>   Steure den muthigen Thieren den Lauf,
>   Halte den leuchtenden Wagen doch auf,
> Daß es so balbe nicht dunckeler werde,
>   Gönne dem Tage, dem heutigen Licht
>   Mildere Straalen, aus einiger Pflicht.

Nun bringt jedes Alter ein besonderes Loblied an; darauf erscheinen die Hoheit, Lycurg, Marthesia mit noch zwei Amazonen, Anacharsis mit vier Scythen.. Ihnen schließt sich an die Zeit als Mutter des Tages, sie verkündigt die Ankunft der zwölf Stunden. Es öffnet sich der Hintergrund, ein prächtiger Himmel erscheint; der Tag in der Mitte und um ihn her die zwölf Stunden tanzen singend das große Schlußballett, sie gruppieren sich schließlich um einen prächtigen Altar, jede Stunde schmückt den Altar mit einem goldenen Schriftzeichen, dadurch erscheinen zuletzt die Worte: PATRI PATRIAE. Dieses Bild beschließt die Aufführung.

2. Ballett der Natur. 1660. Vier Teile. Dem Herzog Augustus zur Geburtstagsfeier dargebracht. Im ersten Teile zeigt der Schauplatz einen hohen Saal, dessen Wände ausgeziert sind mit vielen prächtigen Edelsteinen und farbigen Säulen, „die nach den Vier Elementen, dem

eußerlichen Ansehen nach, bequemet sind". Die Natur er=
scheint und singt das Begrüßungslied; darauf verwandelt
sich der Schauplatz in das thessalische Tempe, in einem
kleinen Singspiele wird die Verwandlung der Daphne in
den Lorbeerbaum dargestellt. Die Erde tritt auf:

Wann Pencus frischer Quell mich heilsamlich benetzt,
Bin ich der Daphne gleich, die Phoebus nie verletzt.

Zwei Gärtner treten auf mit zwei Blumentöpfen,
welche durch Personen dargestellt sind; in gleicher Weise
ziehen über die Bühne ein Bauer, eine Bäuerin und „zwey
Hew=Hauffen", ferner zwei Weinleser und zwei Fässer, vier
Jäger und vier Bären, vier Schäfer und vier Schäferinnen.
Der Schauplatz zeigt darauf „die offenbahre See", es folgt
ein Spiel von „Ulysse und den drey Sirenen". Als
Ulysses nicht anbeißen will, schimpfen die drei Sirenen in
Kraftausdrücken hinter ihm her. Sodann führt „das
Wasser" heran „Drey Meer=Wunder; Ein Schiff mit vier
Corallen=fängern; Drey Tritonen; Vier Najaden und den
Brunnen Aon; Neptun und sechs Flüsse". Es folgt der
dritte Teil, „da bey gantz klarer Lufft und hellem Himmel
sich eine Königliche Residenz und vornehme Stadt von
fernen sehen lässet. Hierauff wird ein kleines Singe=Spiel
von der Psyche agiret, welche, als sie nach des Apollinis
Außspruch sol von einem Felsen herabgestürtzet werden,
ihrem Vater gantz gehorsamlich sich untergiebet: Wird aber
von dem Zephyro ohne einigen Schaden gantz sanffte durch
die Lufft getragen, und in einem lustigen Felde nieder=
gesetzet". Nun zeigt sich die Gestalt der Luft, ihr folgen
vier Vögel, dann Hagel, Reif, Schnee, sodann die vier
Hauptwinde, Aeolus mit den zwölf Winden. Der vierte

Teil läßt die brennende Stadt Troja sehen; nach dem
Spiel von „Anchise und Aenea" tritt die Person auf, welche
das Feuer vorstellt, dann zeigen sich, immer durch Personen
dargestellt, drei feuerspeiende Drachen, drei feuerauswerfende
Berge, vier „Chymici bey einem destillir-Ofen", acht Feuer-
geister. Zuletzt verwandelt sich das Theater in einen Wolken-
himmel, Atlas tritt hervor, am Himmel erscheinen hell
leuchtend die Sterne, Atlas wünscht in einem Gesange von
sechs Strophen dem Herzog Augustus das beste Glück. Es
beginnt das Schlußballett, Orion erscheint zuerst, immer mehr
Personen treten hinzu, bis zuletzt sämtliche Mitspieler auf
der Bühne thätig sind; am Himmel erscheinen gleichzeitig
die zwölf himmlischen Zeichen in einem Regenbogen. Dieses
ganze Stück mit seiner reichen Handlung, mit seiner Fülle
von glänzenden Bildern, ernsten und heitern, mit seinen
Gesängen und seiner Musik, dargestellt von einer so aus-
erlesenen Gesellschaft, muß eines großen Eindrucks fähig
gewesen sein.

3. Masquerade der Hercinie: Oder Lustiger Auf-
zug deß Hartz-Waldes. 1661. Dem Herzog Augustus ge-
widmet. 14 Bilder. Die Waldgötter des Harzes, seine
Bewohner (unter ihnen ein Otternfänger), Wandrer und
Wegelagerer, die Göttinnen der Bäche und der Blumen,
Bergleute, Glasbläser, Münzmeister nebst Gesellen, auch
die Metalle unter den Gestalten von sieben schönen jungen
Hofdamen, alles bringt mit Gesang dem Landesherrn
Glückwünsche. Das Lied der Bergleute beginnt:

> Jetzt wolln wir singen und heben an
> Aus unsers Hertzen Grunde
> Von einem Fürsten Lobesan,

2

Und preisn mit hellem Munde,
Wie ihn Gott so gesegnet hat
Mit Güttern und mit Gaben,
Er ist das schönste Rosenblat,
Das wir in Teutschland haben.

Er ist ein Edler hoher Baum,
Ein' ausgebreite Eiche,
Die andern Bäume sind ihm kaum
Von aussen etwas gleiche;
Er giebet Schatten überall
Mit seinem Regimente,
Drumb treten wir in diesen Saal,
Weil uns sein Sohn her sendte.

Gegen den Schluß wird der Herzog ermahnt:

Trinkt nun wol aus den rohten Wein
Mit Hertzens-Lust und Liebe,
Aus einem klaren Gläselein,
Und nicht aus einem Siebe.

Der Tanz der Dryaden und Silvanen macht den Be=
schluß.

4. Ballett der Diana zur Vermählungsfeier der
braunschweigischen Prinzessin Sibylla Ursula mit dem
Herzoge Christian von Holstein, am 20. September 1663.
29 Bilder. Die ganze antike Göttergesellschaft erscheint in
diesem Stücke, Venus mit Tritonen und Nymphen, Hymen
„und Sechs Thalassii", Daphne mit thessalischen Jung=
frauen usw. Breiter Spielraum ist hier auch dem Scherz
gewährt; es kommen sechs betrunkene Bauern aus der
Stadt gefahren und fallen vom Wagen; Handwerker zeigen
sich, Mägde melken Kühe, Hunde kommen gelaufen und
tragen ein Lied vor, der Nachtwächter stellt sich ein, Diebe

verjuchen zu ſtehlen, Studenten ſchlagen ſich, zwei Nacht=
eulen krächzen, ein altes Weib prügelt ſich mit ihren
Mägden. Alles ſingt, ſogar die Pagen, welche Stühle zu=
rechtſetzen, und die Horen, welche Erfriſchungen bringen;
Echo muß antworten; die Träume erſcheinen mit Geſang,
ihnen folgt in Geſtalt eines Jünglings der Morgenſtern,
dann kommt Cupido geflogen, er ſchießt einen Blumenpfeil
ab auf die Braut und ſingt:

> Fleuch hin, Glückhaffter Pfeil,
> Verwunder und auch Heyl:
> Beſchädiger und Freund,
> Erquicker und doch Feind!
> Fleuch hin, berühre die,
> So ſich verliebt noch nie!

Auch die Tiere huldigen den Neuvermählten, es
kommen mit Geſang zwei Drachen, zwei Vögel, zwei Fiſche,
zwei Löwen; ihnen ſchließen ſich an die zwölf himmliſchen
Zeichen „als Muhtige Jung=Geſellen", die zwölf Monate
„als ſchön=blühende Jungfrauen", die vier Elemente „als
Vier zarte Kinder". Das „Grand Ballet" des Schluſſes
wird getanzt von Phoebus und Diana mit den „Vier
Theilen oder Wechſeln des Mondens, In Geſtalt holdſeliger
Nymphen, Vergeſellſchaffet, Und mit den Vier Theilen des
Jahres, in Geſtalt Muthiger Jung=Geſellen begleitet". In
einem Sonnett, welches Phoebus vorträgt, redet der Dichter
die vom Elternhauſe nun ſcheidende Schweſter an:

> Ich bleibe, Schweſter, dir in allen Fällen treu!
> Wann du von fernen wirſt dein Blut anher begrüſſen,
> Wird unſer ganzes Hauß die Hand vor Liebe küſſen,
> Und dein Gedächtniß hier ſtets wieder werden neu.

Die Ausschmückung des Schauplatzes wird stets aufs glänzendste vorgeschrieben, die Verwandlungen sind zahlreich und kunstvoll. In geschickter Aufführung und mit zeitgemäß verändertem Texte würde dieses Ballett noch heute ein anziehendes Spiel vorstellen können.

In Musik gesetzt wurden die vier bisher besprochenen Werke von der Herzogin Sophie Elisabeth, geborenen Herzogin von Mecklenburg, der Stiefmutter des Dichters. Die Noten dazu sind auf der Bibliothek von Wolfenbüttel leider nicht mehr vorhanden.

Wieviel Geist und Kunst waren damals in dem herzoglichen Hause zu Wolfenbüttel vertreten! Und wieviel ernste Arbeit forderten solche Leistungen von denen, die sie schufen!

Strengere dramatische Form, als die Balletts, zeigen die Singspiele. Während die ersteren mehr aus anmutig zusammengereihten einzelnen Bildern bestehen, schreitet die geschlossene Handlung der Singspiele in folgerichtiger Entwickelung vorwärts. Die Balletts beweisen den Reichtum der Fantasie des Dichters, die Singspiele seine Kunst, zu entwickeln und zu vertiefen.

In der Aufzählung folgt nun:

5. Amelinde, Singspiel in fünf Aufzügen und einem Vorspiel, in gereimten Alexandrinern. Dem Herzog Augustus gewidmet. 1657. Am Hofe des Königs Trompiares lebt die schöne Hirtin Amelinde; Monbiane, die Königin, hat sie zu sich genommen, weil sie großes Gefallen an ihr fand. Des Königs Sohn Polamis strebt nach ihrer Liebe, obwohl ihm bekannt ist, daß Amelinde den Hirten Coelidamas liebt. Polamis verspricht ihr, sie zu seiner Gemahlin zu machen und sie mit allem Glanz der fürstlichen

Stellung zu umgeben. Amelinde weist ihn anfangs ab, doch des Prinzen fortgesetzte Werbung und das Zureden der Königin erschüttern ihre Treue; sie willigt ein, des Prinzen Braut zu sein. Bald aber entdeckt sie, daß sie nur bestimmt ist, ein Opfer der Lust zu werden. Im Augenblicke der höchsten Not rettet sie ihre Ehre, indem sie den Prinzen mit seinem eigenen Dolche tötet. Nun soll sie an seinem Grabe von den Priestern geopfert werden. Sie klagt nicht über ihren Tod, sie beweint und bereut ihre Untreue gegen Coelidamas. Da erscheint dieser und giebt sich als den Sohn des mächtigen Königs Deodas zu erkennen; Amelinde wird befreit, und die Liebenden werden vereinigt.

6. Regier-Kunst-Schatten. Singspiel in fünf Handlungen. 1658. Dem Herzog Augustus gewidmet. Das Wort „Schatten" soll so viel wie „Bild" bedeuten. Der Dichter führt uns einen jungen Prinzen vor, dem sein Hofmeister Tugenden und Fehler eines Regenten zur Anschauung bringen will. Die fünf Handlungen sind fünf selbständige kleine Spiele, aus deren jedem eine besondere Lehre hervorleuchtet. Das erste Spiel soll vor Ungerechtigkeit warnen; es zeigt, wie König Philipp von Macedonien, weil er als oberster Richter das Recht beugte, unter dem Dolche einer schwer gekränkten Jungfrau fällt, welche der Dichter hier an Stelle des geschichtlichen Mörders Pausanias einführt. Die zweite Handlung vertritt durch die Gestalt des römischen „Generals" Fabius den Satz, „daß offt die Clemenz und Gütigkeit mehr außrichte, als das strenge Recht, und ein gütiges Verzeihen offtermahls einen Verbrecher viel eher zum Gehorsam bringen könne, als die

Straffe". In der dritten Handlung erscheint Julius Caesar als „Römischer Kayser", wie er in Ägypten den Mord des Pompejus beweint und an dem Ptolemäus rächt. Der Hofmeister belehrt den Prinzen: „Ihr werdet vernehmen, daß ein tapfer und heroisches Gemüth, auch mit dem Unglück seines Feindes ein Mitleiden haben müsse. Ferner werdet ihr auch in dieser Geschichte sehen, wie elendiglich es zuletzt mit einem so beschaffenem Gemüte ablaufe, welches einen hohen Potentaten zu Gefallen, eine Missethat zu vollenbringen sich hat vorgenommen." In der vierten Handlung wird gezeigt, wie Alexander der Große nach schwerem Kampfe mit sich selber seine Leidenschaft für die schöne Perserin Statira bändigt und diese mit ihrem Verlobten, dem Oroondates, vereinigt. Die fünfte Handlung endlich verurteilt in scharfen Worten den Geiz und führt in dem Könige Perseus von Macedonien einen Fürsten vor, welcher durch seine unzeitige Knauserei Thron und Freiheit verliert. Alle fünf Aufzüge dieses Stückes zeichnen sich aus durch knappe, wirksame Handlung und viele schöne Gedanken.

7. Andromeda. Singspiel in drei Aufzügen und einem Vorspiel. 1659. Dem Herzog Augustus gewidmet. Den beiden Chören, des Volkes und der Priester, ist breiter Raum gegeben, doch greifen sie in die Handlung nicht ein; die Lieder der Chöre sind zum Teil in kunstvoller Form gedichtet. Die Handlung des Singspiels folgt der Erzählung des Ovid. Cassiope, die Mutter der Andromeda, preist die Schönheit ihrer Tochter und stellt dieselbe noch über die Götter. Ihren Übermut zu strafen, sendet Neptun ein Meerungeheuer, das die Länder des Königs Cepheus

verwüstet und viele Menschen tötet. Das Orakel fordert, daß Andromeda dem Ungetüm zum Opfer gebracht werde. Sie wird an einen Felsen am Meeresufer gefesselt; niemand wagt für sie zu streiten, auch nicht ihr Bräutigam Phineus. Aber am Hofe des Königs Cepheus weilt seit einiger Zeit Perseus, unter fremdem Namen; er wird für einen Mann von geringer Herkunft gehalten, und trotz seiner Heldenthaten sind seine Bewerbungen von Andromeda schroff zurückgewiesen worden. Jetzt aber nimmt Perseus den Kampf mit dem Untier auf und besiegt es, als Lohn wird ihm Andromeda verheißen. Doch Phineus überfällt mit großer Übermacht den Perseus, aber der Held gewinnt auch hier den Sieg. Jupiter, des Perseus Vater, erscheint mit den olympischen Göttern zur Verherrlichung der Hochzeit des Perseus und der Andromeda.

8. Orpheus, „tragisches Gedicht" in drei Aufzügen. „In Musicalische Noten übersetzet von Johan Jacob Löwen, Fürstl. Braunschw. Lüneburg. Capellmeistern." 1659. Der Herzogin Sophia Elisabeth, der dritten Gemahlin des Herzogs Augustus, gewidmet und am Geburtstage derselben aufgeführt. In einem Vorspiele huldigen Phoebus, Irene als Friedensgöttin, auch die Musica, Poesis, Architectura und Zoographia der Herzogin. Mars, der auf einem feuerschnaubenden Drachen durch die Luft geritten kommt, will die Feier stören, wird aber durch den schützenden Genius Deutschlands vertrieben. Die Handlung verläuft nach der bekannten Erzählung. Nachdem Orpheus seine Eurydice wieder hat entschwinden sehen, klagt er bitter um seinen Verlust; es kommen zu ihm die Bäume, die Felsen, die Tiere, ihn zu trösten, Phoebus aber verkündet ihm seinen

nahen Tod, und Orpheus wird von den thracischen Bacchan=
tinnen erschlagen. Zum Schluß aber erscheinen in den
Wolken die nun vereinigten Orpheus und Eurydice, und
von dem Chor der elysischen Geister wird ihr Glück ge=
priesen.

9. **Iphigenia.** Singspiel in drei Aufzügen mit einem
Vorspiel. 1661. Dem Herzog Augustus gewidmet. Den In=
halt dieses Werkes bilden die bekannten Ereignisse in Aulis;
der Dichter weiß sie aber besonders reich zu gestalten. Er
zeigt uns in Aulis nicht allein Agamemnon und Iphigenia,
sondern wir finden dort auch Orestes und Pylades, und
nebst Menelaus dessen Tochter Hermione; letztere ist die
Geliebte des Orestes, Pylades aber der Verlobte der
Iphigenia. Als Agamemnon nun seine Tochter zur Ver=
söhnung der Diana dem Calchas ausliefert und Iphigenia
sich in den Tempel begiebt, verabreden sich Pylades und
Hermione, sie zu befreien. Bei einer geheimen Zusammen=
kunft werden sie aber von Orestes und Iphigenia beobachtet,
und nun werden beide für untreu gehalten; Iphigenia,
welche den qualvollen Tod vor Augen sieht, wird noch
schwerer durch den Schmerz über die Untreue des Pylades
getroffen; sie erfährt auch, daß Menelaus dem Pylades die
Hermione verloben will, so daß nun auch Orestes seinem
Glücke entsagen müßte. Im Lager der Griechen befindet
sich aber auch ein „Prinz von Mycenen", Aegisthus, der
in Iphigenia verliebt ist. Mit sich führt er einen stottern=
den Hofnarren, den Hyrcander; auch Aegisthus unternimmt
es, mit Hilfe seines Narren die Iphigenia zu befreien, und
beide treffen im Tempelhof mit Pylades zusammen, der sich
dort eingeschlichen hat. Sie werden entdeckt, Aegisthus weiß

sich zu flüchten; um den Pylades zu retten, bekennt Her=
mione sich als Anstifterin des Befreiungsplanes, und nun
tritt Orestes hervor und will alle Schuld allein auf sich
nehmen. Die Priester fordern, daß sowohl Jphigenia und
Hermione, als auch Orestes und Pylades geopfert werden,
und die Fürsten widersprechen nicht. Jetzt hält Aegisthus
die Gelegenheit für günstig, sich der Jphigenia zu bemäch=
tigen; sein Narr Hircander erscheint als Diana verkleidet
und befiehlt dem Calchas, den Pylades zu opfern, die
Jphigenia dem Aegisthus auszuliefern. Jphigenia aber
fleht Diana an, sie lieber sterben zu lassen, und nun er=
scheint Diana selber, die Schliche des Aegisthus werden sehr
mundfertig von Hircander verraten, Diana läßt Gnade über
alle walten und im vielstimmigen Schlußchor wird das
Glück der nun vereinigten Liebenden gepriesen. Die Farben
sind in diesem Singspiel lebhaft aufgetragen, die Form der
einzelnen Lieder ist sehr mannigfach, und kunstvoll, das
Ganze giebt einen neuen Beweis von der großen Gewandt=
heit des Dichters.

10. Des Trojanischen Paribis Urtheil. Sing=
spiel in einem Aufzuge. Das Titelblatt giebt kein Jahr
an; dem frischen, fast übermütigen Tone nach gehört das
kleine Werk in diese Zeit. Mercur erzählt dem Paris von
der Hochzeitfeier des Peleus:

Die Götter gros und klein vertauschten ihren Stand
Und kamen seiner Braut zu Ehren auf das Land.
Wir pflegten unsrer Lust gantz frey, kein einziger gedacht
Auf das, was bald hernach
Aus Haß und Neid geschach,
Wie es denn pflegt zu gehn, wenn man ohn Sorgen ist,
Die Eris trit herein, voll Rachgier, Zorn und List,

Der Leib war Schwefel=gelb, von Adern aufgeschwelt,
Licht=hager, wie ein Halm, der von der Sonnen selt;
    Die bleichen Lefftzen hiengen nieder,
    Die Zähne knirschten fort und fort,
Die Augen waren star, voll Feuer Brand und Mord,
    Das Haar, das streubt sich hin und wieder.

Der Streit der Göttinnen, sowie der Zornesausbruch der Juno und der Pallas sind sehr lebhaft zum Ausbruch gebracht.

11. Selimena (nicht „Solimene", wie Jördens schreibt). Singspiel in fünf Aufzügen. Ohne Jahr. Dieses Werk bildet, wie „Amelinde", einen Gegensatz zu den übrigen Stücken, insofern sein Inhalt sich nicht an klassische oder biblische Erzählungen anlehnt, sondern in freier Erfindung einen ganz und gar romantischen Stoff behandelt. Solideus, König von Coelibien, hat einen Teil seines weiten Reiches dem Fürsten Satanides unterstellt; dieser aber, von seiner Gemahlin Sundemire gereizt, sucht sich in offener Empörung selber zum Könige zu machen. Er wird besiegt und muß flüchten, an seine Stelle tritt der Fürst Terrasius, dessen Schwester Selimena die Braut ist des königlichen Prinzen Deocharus aus Coelibien. Satanides will Land und Stellung mit List wiedergewinnen. Seine schöne Tochter Volamide erscheint, als Schäferin verkleidet, in der Burg des Terrasius und weiß den Fürsten durch ihren Gesang zu bethören. Eins ihrer Lieder lautet:

Ich bin ein freye Schäfferin
Von Staube schlecht, doch hoch von Sinn,
    Mein Adel ist der Augen Licht,
      Wer die ansicht,
    Der wird sich für mich scheuen nicht.

Ich bin nicht arm, gleich wie man meint,
Das beste Gold nicht offen scheint,
   Wer mich recht kennet, suchet mich
      So brünstiglich,
   Daß sein Gestalt verwandelt sich.

Den Nimpffen thu ich es weit für,
Weil meiner Jugend Glantz und Zier
   Verblendet alle Leut' im Land.
      Ein jeder Stand
   Macht seine Liebe mir bekand.

Es gelingt der Volamide, den Ihrigen durch Verrat den Zugang in die Burg zu verschaffen; Terrasius und Selimena werden gefangen, aber nach mancherlei Zwischenfällen, bei denen auch ein Einsiedler Verumnus eine wichtige Rolle spielt, durch den Prinzen Deocharus wieder befreit. Satanides und die Seinigen werden in eine ferne, öde Gegend verbannt, Deocharus wird vereinigt mit seiner Selimena, Terrasius mit des Deocharus Schwester Freubiane. Die Gewandtheit der listigen Volamide, die sanfte, duldende Treue der Selimena, die schwankende Sinnlichkeit des Terrasius werden geschickt zur Darstellung gebracht. Die vielfach verschlungene Handlung des Werkes ist in der zweiten Hälfte nicht frei von Willkür und Unwahrscheinlichkeiten. Diese erinnern lebhaft an manche Werke der romantischen Schule.

12. Daniel. Singspiel in drei Aufzügen und einem Vorspiel. 1663. Dem Herzog Augustus gewidmet. Eine Titelauflage vom 20. September desselben Jahres mit einem vorgesetzten „Lied der Treue" wurde veranstaltet zur Vermählung des Herzogs Christian von Holstein mit der

Prinzessin Sibylla Ursula von Wolfenbüttel, bei welcher Feier, wie oben erwähnt, auch das „Ballett der Diana" aufgeführt wurde. Von allen Dramen des Herzogs Anton Ulrich ist „Daniel" nach Form und Inhalt das reifste. Die Handlung setzt ein zu der Zeit, wo Darius den Daniel zum ersten Manne im Reich zunächst dem Könige erklärt. Daniel beugt sich demütig und bescheiden unter die Pflichten seiner hohen Stellung; er antwortet dem Könige:

> Die Gaben, die mein Gott mir hat verliehen,
> Biet' ich dir willig an, gebrauch mich nach Belieben,
> Wirstu und dieses Reich dann Nutzen von mir ziehen,
> So muß dies meinem Gott seyn alles zugeschrieben.

Knapp und folgerichtig, ohne Willkür oder Unwahrscheinlichkeit verläuft nun die Handlung. Den Anfeindungen der neidischen Großen des Königshofes setzt Daniel sein ruhiges Gottvertrauen entgegen; kein Vorteil, keine Drohung vermag ihn zu bewegen, gegen das Gebot seines Gottes zu sündigen. Seine Feinde wissen es durchzusetzen, daß er wegen Verachtung der Götter des Landes in die Löwengrube geworfen werden soll; jammernd trennt sich der schwache Darius von seinem treuen, klugen Ratgeber. Über Daniel gewinnt die Furcht keine Macht:

> Gott mich schützt
> Wann ich allen Schutz verlohren.
> Wann kein Trost der Welt mir nützt,
> Wann zum Leiden ich erkohren,
> Schallt doch stets mir für den Ohren:
> Gott mich schützt.

Sein Glaube betrügt ihn nicht. Auch die Charaktere seiner Widersacher sind klar gezeichnet; Neid und Hinterlist sind ihre Waffen, selbst empfangene Wohlthaten vermögen

nicht ihre Tücke zu besiegen. Den Verworfenen stellt sich
die sorgende Treue der Mariamne, einer Glaubensgenossin
des Daniel, wirksam gegenüber. Dieses Werk zeigt in
schöner Weise das künstlerische Vermögen des fürstlichen
Dichters.

13. Jacob des Patriarchen Heirat wurde zuerst
1662 gedruckt und später in den fünften Band der
„Aramena“ eingefügt unter dem Titel: Jacob, Lea
und Rahel. Das Stück trägt vorwiegend lyrischen
Charakter und ist nicht ohne scherzhafte Stellen. Der erste
Druck ist in Wolfenbüttel nicht vorhanden.

Auch im ersten Bande der „Octavia“ finden sich
zwei dramatische Gedichte:

14. Der siegende Aeneas, ein „Dantzspiel“, ist
mit seinen Masken und Chören ein sehr glänzendes Ballett,
in welchem der Kaiser Nero selber als Schauspieler mit-
wirkt. Nach Virgils Aeneide behandelt es den Kampf
zwischen Aeneas und Turnus; die Götter des Olymps erscheinen schließlich und verherrlichen den Sieg des Aeneas.
Vor allen schön ist Venus, die in einer Wolke herab-
schwebt, umgeben von ihren Liebesgöttern. Das Stück
fällt auf durch die vielen Verwandlungen, durch das zahlreiche Personal und die Pracht der Anzüge, welche besonders vorgeschrieben wird. Man erkennt daraus leicht,
daß es der Zeit angehört, in welcher nach des Herzogs
Augustus Tode Anton Ulrich freier über die Gestaltung des
Hoflebens in Wolfenbüttel gebot.

Ganz anders zeigt sich das zweite dramatische Gedicht
im ersten Bande der Octavia:

15. Der sterbende Oedipus. In dieser Tragödie walten ernste, schwere Gedanken, und es finden sich nicht wenige Stellen, in welchen die höfische Form, die in den früheren Werken stets innegehalten wurde, von wahrem, tiefem Gefühl durchbrochen wird. Der Dichter versteht die bekannte Handlung noch durch einen besondern seelischen Konflikt zu steigern: er läßt Kreon als Nebenbuhler seines Sohnes Hämus um Antigone werben, und zwar ganz im Charakter eines leidenschaftlichen Tyrannen, dessen letztes Mittel die Gewalt ist. Der Sage gemäß erscheint Theseus als Befreier.

Auch in diesem Drama spielt Nero die Titelrolle, unter den Zuschauern befinden sich die Verschworenen, die am nächsten Tage den Kaiser stürzen wollen. Als Nero die Worte spricht:

O tochter! ich muß sterben,
Dann vatter, mutter, weib, begehren mein verderben

wird er vor Schrecken bleich und bleibt stecken, noch einmal wiederholt er die verhängnisvolle Stelle, dann verläßt er eilig die Bühne, das Spiel wird abgebrochen, um am nächsten Tage in furchtbarer Wirklichkeit wieder aufgenommen zu werden.

Einige von den Singspielen Anton Ulrichs haben sich längere Zeit auf der heimatlichen Bühne erhalten. Eine Quartausgabe der Iphigenia (Bibl. zu Wolfenbüttel) trägt den Titel: IPHIGENIA in Aulis. In einer OPERA vorgestellet, Auf dem Großen Braunschweigischen THEATRO In der Sommer=Messe MDCCXXXIV. WOLFFEN=BÜTTEL, Druckts Christian Bartsch, herzogl. Privil. Hof= und Canzeley=Buchdr.

Es ist zu verwundern, daß die dramatischen Werke des
Herzogs Anton Ulrich von unsern Litterarhistorikern so völlig
beiseite geschoben worden sind. In Goedekes Grundriß
ist kein einziges dieser Dramen aufgeführt; vollständig sind
sie weder bei Jördens noch sonstwo genannt. Wichtig sind
die Mitteilungen bei v. Praun, Bibliotheca Brunsvico-
Luneburgensis, S. 510, Wolfenbüttel 1747; wieder ab=
gedruckt im Braunschweigischen Magazin von 1823, Stück 23,
und von 1831, Stück 21. Ergänzend tritt hinzu eine alte
handschriftliche Bemerkung in dem Exemplar von Jördens,
welches die Wolfenbütteler Bibliothek bewahrt. Danach ist
das obige Verzeichnis aufgestellt worden. Den „Friedens=
sieg" wird Anton Ulrich schwerlich gedichtet haben, denn
1648 war der Prinz erst 15 Jahre alt.

In der Geschichte der deutschen dramatischen Kunst
nehmen die Singspiele des Herzogs Anton Ulrich eine be=
sonders hervorragende Stellung nicht ein. Sie sind nach
fremden Vorbildern gearbeitet, die Anregung dazu empfing
der Dichter in Paris; nach seiner Rückkehr aus der fran=
zösischen Hauptstadt begann seine dramatische Thätigkeit.
Sie frei zu entfalten, waren die Verhältnisse am Hofe zu
Wolfenbüttel, wie wir gesehen haben, nicht günstig; die
Schranken der Gelegenheitsdichtung konnten nicht durch=
brochen werden. Später aber, als Anton Ulrich selbständig
geworden war, schrieb seine hohe Stellung ihm Rücksichten
vor, die ihn einengen und seine Schaffenslust beeinträchtigen
mußten. Auch lag das starke Pathos, ohne welches kein
bedeutendes Werk der dramatischen Dichtkunst denkbar ist,
nicht in des Herzogs Charakter; dazu war er zu sehr
Vertreter der feinen Form, die aus einer gewissen Ge=

messenheit nur sehr selten und nur auf Augenblicke her=
austrat.

Freilich bildet diese Vollendung der Form auch wieder
einen besondern Vorzug des fürstlichen Dichters. Es ist zu
bedauern, daß Anton Ulrich sich vorwiegend die Fremden
als Muster ausersah, statt dem Wege zu folgen, den er
flüchtig einmal in der „Maskerade der Hercynia" betrat.
Daß auch heimisches Leben ihm wohlvertraut war, zeigen
sehr viele Stellen in seinen lyrischen Gedichten und seinen
Romanen. Hätte Anton Ulrich ein so bewegtes Leben ge=
führt, wie Andreas Gryphius, so würden von seiner reichen
Begabung, seiner Gewandtheit schöne Gaben zu erwarten
gewesen sein. Für des Dichters Vorgänger auf dem Throne
und zugleich auf dem Gebiete der dramatischen Dichtkunst,
den Herzog Julius, waren die Zeitverhältnisse günstiger.
Aber auch in den engen Schranken französischer Künstlich=
keit hat Anton Ulrich Werke geschaffen, die man nicht so
rasch hätte vergessen sollen.

Seine eigentliche dichterische Bedeutung liegt freilich
auf einem andern Gebiete, als dem dramatischen.

III. Die Zeit der Regentschaft. 1667—1704.

Herzog Augustus starb 1666; Rudolf August wurde
sein Nachfolger.

Der neue Herrscher fand wenig Gefallen an den
Regierungsgeschäften. Er verweilte nicht gern in seiner
Residenz Wolfenbüttel; sein Lieblingsaufenthalt war das
einige Meilen entfernte Hedwigsburg. Hier lebte er in
großer Einfachheit als eifriger Jäger, sprach am liebsten

plattdeutsch und hielt stillsitzen und abwarten für die beste
Politik. Den Bruder bestellte er schon 1667 zum Statt=
halter, wies ihm den sogenannten Prinzenhof, östlich vom
Schlosse in Wolfenbüttel, als Wohnung an und warf ihm
ein Einkommen von 14 000 Thalern aus.

Wenn nun Anton Ulrich in der That auch Regent
des Landes war, so blieb seine Lebensstellung doch immer
eine bescheidene, denn in allen wichtigen Angelegenheiten
mußte er die Entscheidung des älteren Bruders einholen
und sich dieser fügen. Die Hoffnung auf eine größere
Herrschermacht aber war schon seit langer Zeit in seiner
Seele genährt. Er war 1647 zum Coadjutor des Bis=
tums Halberstadt gewählt und hatte damit Aussicht auf
die Regierung dieses Gebietes; später aber mußte er sich
mit einer mäßigen Präbende in Straßburg abfinden lassen.
Jetzt saß er nun auf dem bescheidenen Prinzenhofe in
Wolfenbüttel; er war in einen engen Kreis gebannt, und
fühlte doch in sich die Kraft und die Lust zu großen Thaten.

Was ihm in der Wirklichkeit nicht erfüllt werden konnte,
das suchte er in vermehrter Thätigkeit auf dem Gebiete
der Poesie zu gewinnen. Dem Drama freilich entsagte er;
er wandte sich einer Dichtungsgattung zu, welche ihm freien
Spielraum bot — dem Roman.

Die litterarischen Strömungen jener Zeit folgten auch
auf dem erzählenden Gebiete dem Einflusse der politischen
Verhältnisse. Der große Krieg war eben beendet; dreißig
Jahre lang hatte das Fremde in Deutschland breit ge=
herrscht, alles Vaterländische hatte nur im Winkel sein
verachtetes Dasein führen können. Es war kein Wunder,
wenn dem zertretenen deutschen Volke das Fremde edler,

größer erschien, als alles Einheimische. Wer konnte sich
überhaupt damals noch mit Litteratur beschäftigen? Wer
hatte Zeit, Kraft, Mut dazu? Das herrschende Zeichen
war die bittere Sorge um das tägliche Brot.

In diesen schlimmen Jahren sammelte und rettete die er=
starkende Fürstengewalt das, was noch erhalten war. In fürst=
licher Versammlung wurde 1617 zu Weimar der Palmenorden
gegründet, Fürst Ludwig von Anhalt wurde nicht allein
der Beschützer, sondern die eigentliche Seele der neuen
Gesellschaft, welche die Pflege der vaterländischen Kunst
und Sprache sich angelegen sein ließ. Unter den Mit=
gliedern der beiden schlesischen Dichterschulen, unter den
Pegnitzschäfern, unter der deutschgesinnten Genossenschaft
finden wir nicht wenige fürstliche und adlige Namen. Es war
ein kleiner Kreis, in dem die deutsche Dichtung neues Leben
gewann; nur die obersten Stände pflegten sie, mit gänzlichem
Ausschluß der breiten Masse des Volkes. Die Sammelorte
dieser Kunstfreunde waren in erster Reihe die Fürstenhöfe.

Doch hier waltete wiederum das Fremde. Der Hof
Ludwigs XIV. war das Vorbild für alle großen und kleinen
Herrschersitze. Folgten die Ersten des Volkes der romanischen
Sitte, so fügte auch die deutsche Kunst sich den romanischen
Vorbildern. Französische und italienische Dichtungen wurden
zuerst übersetzt, dann nachgebildet; schon die Titel kündigen
sie als fremde Waare an. Zesens „Adriatische Rosemund",
sein „Assenat", sein „Simson", seine „Afrikanische Sopho=
nisbe" sind bekannt genug. An Zesen reihen sich Ziegler
mit seiner „Asiatischen Banise", und der braunschweigische
Superintendent Buchholtz mit seinen beiden Romanen
„Herkules" und „Herkuliskus".

Als gemeinsames Gut der genannten und ähnlicher Werke finden wir die Bewunderung des Fremdländischen, die dem Deutschen vom dreißigjährigen Kriege her geläufig war; aus demselben Ursprunge geht hervor die Freude am Seltsamen und Wunderbaren, und das Vorbild des französischen Hofes liefert die Zuthaten des Prunkes und der steifen Förmlichkeit; ebendadurch werden die Gestalten der handelnden Personen bestimmt, welche ausnahmslos den Hofkreisen entlehnt werden. Wir begegnen Fürsten, Rittern, Räten, Kanzlern, Feldherren; aber die Heere, wo sie auftreten, bleiben formlose Masse, aus welcher keine einzige selbständige Gestalt sich hervorhebt, und ebensowenig zeigen sich uns Vertreter der Bürger oder der untern Volksklassen.

Diesem Inhalt entspricht die gespreizte, weitschweifige Darstellung, die volltönende, gekünstelte Sprache; eine Ausnahme bildet hier nur Zesen, der aber nach der entgegengesetzten Seite maniriert wird. Der Geist der Unbeholfenheit herrscht in den Werken aller dieser Dichter; in steife Fesseln eingeschnürt bewegt sich vor unsern Blicken jede Gestalt, vergebens suchen wir nach der Anmut der freien Natur. Und der Dichter redet nicht einmal in allen seinen Werken die gleiche Sprache, sondern er versucht sich, ohne zwingenden Grund, in verschiedenen Tönen. Vom Nachahmer kann man keine Sicherheit erwarten.

In das Gebiet dieser Genossen fügen sich äußerlich auch die erzählenden Werke des Herzogs Anton Ulrich ein; dem oberflächlichen Betrachter ist die Stelle, die er ihnen anweisen will, sofort klar. Nun ist es ja schon seit längeren Jahren Sitte, auf alle Dichtungen des 17. Jahrhunderts vornehm herabzuschauen und sie nach flüchtigster Betrachtung

beiseite zu schieben. Wer das nachliest, was Vilmar auf
Seite 369 über Anton Ulrich, und auf der folgenden Seite
über den Umfang von Lohensteins „Arminius" sagt, der
wird sich der Ansicht nicht erwehren können, daß Vilmar
die Werke des Herzogs, über die er urteilt, nicht einmal
dem äußern Ansehen nach gekannt hat. Besprechungen,
welche sich auf eingehendes Studium stützen, finden wir bei
keinem unserer Litteraturhistoriker. Auch Bobertags Urteil
beruht nicht auf eigener Anschauung, sondern auf Cholevius'
Inhaltsangaben.

Das 18. Jahrhundert hat manche, heute gering ge=
achtete Werke des 17. Jahrhunderts höher geschätzt. Dies
gilt auch von den Romanen des Herzogs Anton Ulrich.
In dem Buche von Küttner, Charaktere deutscher Dichter
und Prosaisten, Berlin 1781, I 167 heißt es:

„Die syrische Aramena dieses geistreichen Fürsten über=
trifft an gefälliger Einkleidung und gutem Tone alle zu
damaliger Zeit bekannte teutsche Romane. Der Dichter
hat Geist und Herz; er kennt die wandelbaren Gebehr=
dungen der Leidenschaft; seine Charaktere sind trefflich
nüancirt; er weiß die handelnden Personen so zu beschäftigen,
daß er nur selten zu Worte kömmt; er weiß einzelne kleine
Begebenheiten und Umstände aus dem menschlichen Leben
einzuflechten, bey denen man wie bey anmuthigen Ruhe=
plätzen, gern verweilet; seine Sprache ist voll ausgesuchter
Redensarten, edel, lebhaft und bedeutend. Nur stellenweise
wird der Ausdruck zu wortreich, und die Geschichte selbst
langweilig. Episoden in Versen und Prosa, die man, dem
Plane unbeschadet, herausheben und als ein eigenes Ganzes
aufstellen könnte, dehnen das Werk so zu vielen Bänden

aus. Auch ist das Kostume meist verwechselt, oder vernachläſſigt: die Helden des Romans reden in dem ſteifen Modetone der altteutſchen Höfe, nicht die Sprache des Auslands und der Vorwelt. Trotz aller dieſer Flecke, trotz der ungeheuren Weitſchweifigkeit ſeines vielſeitigen Werkes, bleibt Herzog Anton Ulrich, als ein Schriftſteller von reicher Einbildungskraft und ſcharfem Verſtande, als ein Fürſt, der es für Ehre hielt, die Muſen ſeines Vaterlandes zu pflegen und in die große Welt einzuführen, der Nachwelt ein ehrwürdiger Name."

Doch ſchon nach einem Vierteljahrhundert ſcheint die Nachwelt nichts mehr von den Verdienſten des Herzogs gewußt zu haben. Franz Horn ſagt in ſeiner Geſchichte und Kritik der deutſchen Poeſie, Berlin 1805, Seite 155:

„Wie es ſcheint, wurde das Buch (die „Octavia"), ſchon ſeines merkwürdigen Urſprunges wegen, mit beſonderem Beifall aufgenommen, und ſicher war der Gedanke entfernt, daß man es ſobald nachher beſpötteln oder gar vergeſſen würde."

Seit der Mitte des neunzehnten Jahrhunderts iſt es Mode geworden, auf die Romane des ſiebzehnten Jahrhunderts im allgemeinen und beſonders auf die Werke des Herzogs Anton Ulrich wohlfeile Witze abzulagern, auch wenn man keine zehn Seiten ſeiner Werke geleſen hat.

Es wird zu unterſuchen ſein, auf welche Seite wir uns zu ſtellen haben. Selbſtverſtändlich beſchränkt ſich unſere Arbeit nur auf die Betrachtung der Dichtungen Anton Ulrichs.

In dem Kreiſe ſeiner Genoſſen muß der Herzog durch ſeine Lebensſtellung vor allen andern als beſonders be-

günstigt erscheinen. Denn wir dürfen nicht vergessen, daß
alles, was diese Dichter als asiatisch, afrikanisch oder sonst
als fremd bezeichnen, nichts als getreues Spiegelbild der
Ereignisse und Zustände des 17. Jahrhunderts auf west=
europäischem Schauplatz ist. Nur die Namen sind fremd;
sie bildeten einen bequemen Deckmantel, unter dessen Schutz
das Einheimische sich freier darstellen ließ. Was in der
Heimat erlebt, auf Reisen geschaut, auf Hochschulen ge=
sammelt war, das gab den Baustoff, aus welchem die
Dichter ihre Werke schufen.

Hier aber war Anton Ulrich weit reicher als alle
seine Genossen. In seiner Jugend hatte er täglich und
stündlich das große Beispiel seines ausgezeichneten Vaters
vor Augen gehabt, in dessen Händen so viele Fäden zu=
sammenliefen, welche sich weit über die Grenzen des deutschen
Landes hinausspannen. An Gründlichkeit der klassischen
Bildung erreichte kein anderer Dichter, wie wir sehen werden,
den Zögling der Universität Helmstedt, und auf seinen Reisen
hatte der Fürstensohn ungleich mehr Gelegenheit, Bedeutendes
kennen zu lernen, als ein gewöhnlicher Sterblicher. Dazu
kam die glänzende Begabung des Herzogs, die ihn den
weiten Gesichtskreis seines Lebens nicht allein umspannen,
sondern auch beherrschen ließ. Wie ein Krösus erscheint
er in der Mannigfalt seiner Beziehungen neben Buchholtz.

Was er aber alles beherrschte, das zeigte der Herzog
in seiner Thätigkeit. Von seinem bescheidenen Wohnsitze
auf dem Prinzenhofe in Wolfenbüttel griff er in die Politik
des deutschen Reiches kräftig ein, und zwar stets in engem
Anschluß an den Kaiserhof zu Wien. An der Seite der
kaiserlichen Truppen ließ er die tapferen braunschweigischen

Regimenter kämpfen gegen Franzosen (1674, 1689), gegen
Schweden (1675), gegen Türken in Ungarn und auf Morea
(1683); als kluger Diplomat erhielt er den Frieden zwischen
dem deutschen Reiche und Schweden, und auf seine Ver-
anlassung unterwarf das welfische Gesamthaus 1671 mit
vereinten Kräften die mächtige, seit langen Jahren wider-
spenstige Stadt Braunschweig.

Nicht minder regsam zeigte Anton Ulrich sich am
eigenen Hofe. Er liebte die Pracht; was sein Vater für
die Vermehrung seiner Bücherschätze angelegt hätte, das
verwandte der Sohn auf die italienische Oper, auf Konzerte,
Maskeraden und andere glänzende Hoffeste; auch die Truppen
waren zahlreich und mußten oft parabieren. Eine Stunde
ostwärts von Wolfenbüttel ließ er von seinem Baumeister
Korb nach dem Muster von Marly le Roi das Lustschloß
Salzdahlum errichten, dem herrliche Gärten mit berühmten
Wasserkünsten sich anschlossen; auch sammelte er ausge-
zeichnete Gemälde und kostbare Kunstgegenstände in reicher
Fülle. In Wolfenbüttel gründete er 1687 eine Ritter-
akademie; 1706 ließ er nach dem Muster des römischen
Pantheons ein sehr geschmackvolles neues Gebäude für die
Bibliothek aufführen, das erst in unseren Tagen durch den
stattlichen, festen Neubau ersetzt wurde.

In Salzdahlum versammelte der Herzog um sich eine
glänzende Gesellschaft von Einheimischen und Fremden. Hier
waren die berühmten Professoren der nahen Universität
Helmstedt häufige Gäste, mit ihnen blieb Anton Ulrich bis
an sein Lebensende im regsten Verkehr. Auf diesen Fürstensitz
beziehen sich die Worte in einem Briefe der Herzogin Elisabeth
Charlotte von Orléans, wenn sie redet von „dem schönen

Salzthal, welchen mir Meine liebe Taute S(ophie von Hannover) beschrieben wie Ein irdisch paradeys".

Aus dieser vielseitigen Thätigkeit gewann Anton Ulrich die Zuthaten zu seinen litterarischen Arbeiten. In seinen Dichtungen legte er die Schätze seines Geistes nieder, hier schuf er und regierte er die großen Reiche, welche zu beherrschen das Schicksal ihm wohl die Kraft und Lust, nicht aber die Gelegenheit gegeben hatte.

In den Jahren 1669—1673 erschien in Nürnberg der erste Roman Anton Ulrichs unter dem Titel: „Die Durchleuchtige Syrerinn Aramena" in fünf Oktavbänden, von denen nur einer weniger als 700 Druckseiten umfaßt. Zahlreiche Kupfer sind in Seitengröße dem Werke eingedruckt. Die einzelnen Teile sind gewidmet: I. Der Erwehlten Freundschaft. II. Der Beschwiegerten Freundschaft. III. Der Bluts-Freundschaft. IV. Der Vermählten Freundschaft. V. Der Unbekanten Freundschaft. Die Deutung dieser Widmungen war bisher unbekannt. Nun besitzt aber die Bibliothek zu Wolfenbüttel das Handexemplar des Stiefbruders des Dichters, des Herzogs Ferdinand Albrecht von Braunschweig-Bevern; in demselben finden sich auf den Titelblättern von des Herzogs Hand und mit seiner eigenhändigen Unterschrift folgende Bemerkungen: Zu I: Elisabeth, Äbtissin v. Herford. Zu II: Sophie Elisabeth, Prinzessin v. Braunschweig (Sie war die dritte Gemahlin des Herzogs August). Zu III: Sibille Ursula, Herzogin v. Braunschweig (Sie war des Dichters Schwester, vermählt mit Herzog Christian v. Holstein-Glücksburg). Zu IV: Elisabeth Juliane, Herzogin v. Braunschweig-Lüneburg (Sie war des Dichters Gemahlin). Zu V ist nichts bemerkt.

Eine vollständige Inhaltsangabe der Aramena, auch in gedrängter Kürze, ist an dieser Stelle nicht möglich. Man sollte meinen, Bobertag und andere Kritiker müßten recht haben, wenn sie darüber klagen, wie ermüdend es sei, Anton Ulrichs Romane zu lesen, „weil er einen von Anfang an die Weitschichtigkeit seines Planes fühlen läßt".

Wer des Herzogs Werke nach einem fortlaufenden, scharf hervortretenden Plane durchsucht, der hat sich allerdings eine mühevolle Arbeit aufgelastet, und dazu ist sie so gut wie nutzlos; denn in der Aramena wie auch in der Octavia ist der allgemeine Plan noch unwichtiger, als etwa im Decamerone des Boccaccio; das Band, welches alle Einzelheiten zusammenhält, ist einer Schnur zu vergleichen, auf welche Perlen gereiht sind. Und in diesem Punkte unterscheiden Anton Ulrichs Romane sich von den Werken Buchholtz' und allen übrigen: sie stellen sich nicht als Einheit dar, sondern als Sammlung. Die Haupthandlung ist sehr einfach. Die syrische Königstochter Aramena, welche früh Waise geworden, ist in Gefahr des Thrones beraubt zu werden. Doch ihre gerechte Sache und ihre edle Standhaftigkeit überwinden viele Schwierigkeiten, sie wird Königin und zuletzt die glückliche Gemahlin des Helden ihrer Wahl, des Königs Marsius von Trier. In diese Erzählung sind 36 Episoden eingelegt, von denen eine jede als eine selbständige Arbeit gelten könnte. Aber wenn der verknüpfende Faden auch nur lose geschlungen ist, so bleibt die Einheit der Teile doch gewahrt durch den Grundgedanken, der in allen diesen einzelnen Erzählungen durchgeführt wird; er heißt: Durch Nacht zum Licht! Ein Held oder eine Heldin kämpft um den Besitz eines Reiches, wird angefeindet, ver-

folgt, gefangen, niedergetreten, aber schließlich siegt er
über alle seine Widersacher und gewinnt Thron und Ge=
liebte.

Dieses eine Thema der Aramena aber ist zugleich der
Grundgedanke, die große Hoffnung in Anton Ulrichs Leben;
auch er strebte nach glänzender Ausbreitung seiner Herrscher=
macht; und er glaubte, daß ihm das Schicksal einen solchen
Preis schuldig sei.

Bewundern müssen wir die überaus große Mannigfalt,
mit welcher dieses eine Thema immer wieder als dasselbe
und doch immer wieder neu behandelt wird. Es gibt
wenige Dichter, welche über einen solchen Reichtum der
Fantasie verfügen, wie Anton Ulrich. Er verstand aber
auch in geschickter Weise seinen Werken die Quellen nutzbar
zu machen, die für ihn unversieglich sein mußten: er schuf
die Gestalten seiner Dichtungen nach seinem eigenen täg=
lichen Leben und nach seinen Erfahrungen. So wird die
Aramena auch ein Spiegelbild seines Lebens in den Jahren
der rüstigen Manneskraft, in denen die stille, große Hoffnung
noch die stete Begleiterin des Fürsten war.

Der Sitte seiner Zeit gemäß verlegt Anton Ulrich
Zeit und Ort der Handlung; die Aramena spielt im Morgen=
lande im Patriarchenalter. Aber der Dichter gibt sich nicht
die geringste Mühe, Lokalfarben aufzutragen; in seinem
Romane ist nichts fremdländisch als die Eigennamen, alles
übrige ist der Heimat entlehnt. Genau bewandert bis ins
Einzelne zeigt sich der Herzog in der alten Geographie, hier
hat er sorgfältig geforscht, und seine gelehrten Freunde aus
Helmstedt werden ihm geholfen haben. Soviel Mühe haben
seine Genossen sich mit ihren Werken nicht gegeben.

Was den Inhalt der Aramena angeht, so ist hier
vorweg der Ansicht entgegenzutreten, daß dieser Roman
verkleidete Zeitgeschichte sei. Sicher enthält er Gestalten,
welche nach dem Leben gezeichnet sind, diese aber werden
in der nächsten Umgebung des Herzogs, in seinen Privat=
kreisen zu suchen sein; allgemein bekannte geschichtliche
Personen sind sie nicht gewesen, dazu entbehren alle Helden
und Heldinnen zu sehr der individuellen Züge und erscheinen
zu sehr idealisiert. Kleine Verhältnisse können in der Zeich=
nung leicht nach Belieben gefärbt werden, aber große ge=
schichtliche Erscheinungen tragen ihre eigene, unvertilgbare
Farbe. Außerdem findet sich über diesen Punkt auch ein
wertvolles zeitgenössisches Urteil in einem Briefe der Her=
zogin Sophie von Hannover an ihren Bruder, den Kur=
fürsten Karl Ludwig von der Pfalz, vom Jahre 1678.
Johannes Bolte teilt diese Stelle mit in der Zeitschrift für
Vergleichende Litteraturgeschichte und Renaissance=Litteratur.
Neue Folge, Bd. III 1890 S. 454. Die Worte lauten:
„Je n'ay jamais sceu cette histoire, mais tout cela
peut servir de matière pour embellir les romans,
que le Duc Antoine de Wolfenbudel fait; son Aramène est finie, et il fait encore un autre, à ce qu'il
m'a dit, où je m'immagine, qu'il mestra l'histoire
de ce temps". Also die Aramena enthält nicht „l'histoire
de ce temps", und wenn selbst die Herzogin Sophie die
Thatsachen nicht kannte, welche der Aramena zu Grunde
liegen, so sind dieselben offenbar sehr intimer Art gewesen.
Es ist niemals auch nur versucht worden, für irgend eine
der Einlagen der Aramena die thatsächlichen Grundlagen
aufzudecken.

Ganz abzuweisen ist, was Gervinus III 500 sagt:
„Auch dies Werk muß ganz allegorisch gelesen werden".
Er stützt sich dabei wohl auf eine mißverstandene Stelle in
Birkens Vorrede zur Aramena. Hätte Gervinus auch nur
ein Stück des Romans selber gelesen, so würde dieser scharfsinnige Forscher anders geurteilt haben. Cholevius nennt
die Einlagen der Aramena „mehr moralischer Art" und
will Geschichte darin nur bedingungsweise erkennen.

Ist es nun richtig, daß alle Einzelerzählungen der
Aramena demselben Grundgedanken folgen, so wäre die
Gefahr großer Eintönigkeit unvermeidlich, und in der That
macht sich die Schablone zuweilen bemerklich. Aber der
Dichter weiß sich durch ein eigenartiges Mittel zu helfen,
welches auch Shakespeare im Wintermärchen nicht verschmäht. Er wendet unbedenklich, wo sein Stoff es fordert,
die ergreifendste Tragik an, er läßt seine Helden im Kampfe
fallen, hinrichten, ermorden, immer aber bleibt der eigentliche Vorgang des Ablebens einigermaßen in Dunkel gehüllt, und am Ende des letzten Bandes läßt er nicht allein
die Sieger triumphieren, sondern er läßt auch die Toten
als Lebende wieder erscheinen und klärt uns über ihr
wunderbares Schicksal auf. Wo dem Leser diese Wiederbelebung zum erstenmal begegnet, da wirkt sie thatsächlich
ergreifend. Schon Sulzer in seiner Theorie der schönen
Künste I 101 rühmt in der Aramena „die reizvolle Lösung
des Knotens". Wenn nun aber der Dichter auf den letzten
Seiten seines Romanes nicht weniger als siebenunddreißig
Paare glücklich werden läßt, und darunter eine große Zahl
durch das Mittel der Wiederbelebung, so stört dieses Übermaß die beabsichtigte Wirkung allerdings sehr, auch wenn

die Erhaltung des scheinbar vernichteten Lebens auf die mannigfachste und geschickteste Art bewirkt wird.

Oder müssen wir diesen Schluß humoristisch fassen? Man könnte nach dem Tone der letzten Seite in der That daran denken.

Heldentum und Liebe sind, wie bei seinen Genossen, so auch bei Anton Ulrich der Hauptinhalt seiner Werke. Doch sind die Romane des Herzogs gänzlich frei von allen rohen, gemeinen, schlüpfrigen Stellen, wie sie bei Lohenstein und andern sich so häufig finden. Selbst die günstigsten Gelegenheiten, durch gemeinen Sinnenreiz den Leser anzulocken, läßt der Herzog unbenutzt. Der Prinz Dison von Seir lebt längere Zeit als Jungfrau verkleidet und für eine Jungfrau gehalten in Gesellschaft schöner junger Damen, aber niemals werden die Grenzen des Zulässigen überschritten. Wenn Bobertag II¹ 231 dem Herzog eine „Neigung zum Gräßlichen und Bestialischen" beilegt, so dürfte es ihm nicht gelingen, auch nur einen einzigen Beweis hierfür zu beschaffen.

Ebenso vermeidet Anton Ulrich eine Klippe, an welcher Buchholz mit Vorliebe scheitert, nämlich die endlosen lehrhaften Einschiebsel. Auch Zesen läßt in den drängendsten Augenblicken erst noch lange Reden halten. Anton Ulrich liebt reiche Handlung und weiß die Form geschickt zu gestalten.

Mehr als alle seine Genossen ist der Herzog frei von Gefühlsschwelgerei; störend wirkt in manchen Stellen die allzu streng festgehaltene höfische Form. Niemals tritt Anton Ulrich mit seiner eigenen Person so eitel und zudringlich hervor, wie der „Sausewind" Zesen. Seine Kunst ist naiver, keuscher.

Der Mode seiner Zeit entrichtet der fürstliche Dichter seinen Zoll, auch er verwendet oft die beliebten Entführungen, Verschwörungen, Belauschungen, der Zufall muß ihm ein gefälliger Diener sein; aber in diesen Dingen ist er sparsam, und er läßt niemals eine möglichst wahrscheinliche Begründung fehlen.

Am höchsten aber über alle Dichter seiner Zeit erhebt den Herzog seine Kunst der feinen psychologischen Entwickelung. Seine Menschenkenntnis ist bewundernswert, und seine Personen erscheinen nicht wie Marionetten, sondern sie tragen eine Seele in sich und handeln, wie es einem jeden seine seelische Anlage gebietet. Hier mögen einige Beispiele Platz finden.

Geschichte des Apries und der Amorite. Nr. I 169.

König Jobat von Hemath hat einen Sohn, Apries, und eine Tochter, Arbelise, welche in treuester Geschwisterliebe mit einander aufwachsen. Apries wird an den Hof von Basan geschickt, dort seine Sporen zu verdienen. Hier findet er des Fürsten Suevus Tochter Amorite; sie übertrifft durch ihre Schönheit alle ihre Gefährtinnen, wie Apries seine Altersgenossen. Auf die schöne Amorite überträgt Apries die Geschwisterliebe, die er der fernen Arbelise nicht mehr widmen kann, und Amorite erwidert diese durch freundschaftliche Zuneigung. Bei einem Kampfspiele unterliegt der jugendliche Apries einem gewandtern Gegner und erntet darum den Spott der Tochter des Königs von Basan, Mirina, und ihres Geliebten, des Daces. Amorite verteibigt mit erregten Worten den Freund, Apries fordert den weit stärkern Daces zum Zweikampf und widersteht dem überlegenen Gegner aufs tapferste. Der Streit wird

getrennt, aber des Apries kühner Mut wird allgemein ge=
priesen. In seinem und der Amorite Herzen beginnt jetzt
die Freundschaft sich in wärmere Gefühle zu verwandeln.
Nun zieht Apries mit dem Fürsten Suevus in einen schweren
Krieg; die Trennung facht die heimliche Liebe der beiden
jungen Herzen höher an, und als Apries siegreich und als
Lebensretter des Fürsten Suevus wiederkehrt, folgt bald
nachher das entscheidende Geständnis. Beschützerin der ge=
heim gehaltenen Liebe ist die treue Schwester Arbelise,
welche inzwischen nach Basan gekommen und Freundin der
Amorite geworden ist. Die Gemahlin des Fürsten Suevus
stirbt, er vermählt sich wieder mit der herrschsüchtigen
Zerode, diese will aus Eifersucht ihre Stieftochter Amorite
durch Gift beseitigen lassen. Suevus entdeckt den Anschlag
und sendet seine Tochter, um sie gegen ihre Stiefmutter zu
schützen, zu seinem Freunde Jobat, dem Vater des Apries.
Jobat aber, Witwer, dessen Leidenschaft schon durch ein
Bild der Amorite gereizt ist und dem die Liebe des Apries
noch unbekannt blieb, verliebt sich in die Tochter seines
Freundes und will sie zu seiner Gemahlin machen. Seine
Bewerbung wird von Amorite mit Bestürzung zurückgewiesen,
Jobat argwöhnt den richtigen Grund und sendet seinen
Sohn in die Ferne. Bald darauf verkündet er fälschlich
der Amorite den Tod des Apries, und von Schmerz über=
wältigt bekennt diese nun ihre Liebe. Der König aber
droht gegen Apries die härtesten Mittel anzuwenden, wenn
er nicht entsagen wolle, und sendet Boten an den Fürsten
Suevus. Dieser kommt an des Jobat Hof, dort versucht
er, seine Tochter für den Antrag des Königs Jobat günstig
zu stimmen. Er begiebt sich zu ihr auf ihr Zimmer;

Apries, der heimlich zurückgekommen ist, und seine Schwester Arbelise hören von einem Nebengemache aus die Unterredung des Fürsten Suevus und seiner Tochter mit an. Arbelise erzählt später diesen Vorfall, wie hier folgt.

„Amorite! (finge Suevus an zu reden) darf ich von deiner tugend, die sich allemal spüren lassen, wol die hofnung schöpfen, daß du jetzund solche erweisen, und dein bästes und meine ruhe zu befördern, dein vergnügen hintansetzen werdest? Der himmel weiß, wie herzlich ich dich liebe, und wie schmerzlich es mir fället, dir deine bitte nicht zu gewären, da du meine erlaubnüs hast begehret, den edelen Apries zu lieben. Ich erkenne ja so wol, als du, dieses herrn seltene tugend, und habe noch nicht vergessen, was er mir ehmals für wolthaten erwiesen, und wie ich ihme alles schuldig bin. Allein, das verhängnüs ist eurer liebe zuwider! Der König Jobat, sein herr vatter, wird nimmermehr zulassen, daß Apries dich besitze. Ohne dieses Königs willen, darf Apries nicht an dich gedenken; und ist sein vermögen schlecht, dich deinem stande gemäs zu erhalten. Erhöre deswegen meine bitte, weil ich dir die deinige wider meinen willen abschlagen muß. Nim den thron an, den dir der himmel zeiget; und gönne deinem vatter diese freude, sein einzigstes kind Königin von Hemath zu sehen. Verstöreſt du damit deine vergnügung, so bauest du doch dardurch meine ruhe: und Apries ist viel zu tugendhaft, daß er nicht lieber dich seinem vatter gönnen, als dich elend machen solte.

Mittlerweil der Suevus also redete, sahe ich meinen armen bruder an, der unbeweglich bliebe, und ganz erblasset auf seiner Amorite erklärung wartete, die ihrem herr vatter also antwortete: Ich bin ja schulbig, meines herr vattern befehl, und willen mich in allem zu unter= werfen. Wann ich aber von der vätterlichen liebe diese würkung hoffen darf, daß sie eine tochter vergnügt wünschen werde: so unterstehe ich mich nochmals, bemütigst zu bitten, daß ich mein herz dem Prinzen Apries lassen dürfe. Das elend, welches ich wegen seiner armut mit ihme ausstehen werde, wird mir lieber und angenehmer sein, als die König= liche Würde. Ein zufriedenes gemüt achtet nicht auf den äuserlichen schein des glückes. Ich wil bei dem Apries mich niemals über meinen zustand beklagen: aber bei dem König, würde ich nie gnug mein elend beweinen.

Hierauf wandten sie zu beiden theilen viele ursachen ein, daburch jedes seinen willen zu erlangen vermeinte. Doch endlich muste Amorite sich ergeben, weil ihrem herr vatter die gebuld anhube zu vergehen, und er sich ver= nehmen liesse: Er würde sie nicht mehr für sein kind halten können, wann sie sich weigerte, den König zu ehlichen. Wolan dann! (sagte sie hierauf) weil ich nicht ohne ver= letzung der tugend den namen einer tochter verlieren kan, so wil ich den namen einer beständigen liebhaberin ver= lassen, zugleich aber auch aller zufriedenheit und vergnügung absagen, die ich auf der welt erwarten können. Hiemit ergosse sich über ihre wangen ein heißer thränen bach; da dann Suevus, welchen ebenfalls schmerzete, seine tochter so betrübt zu sehen, sie umarmete, und sagte: Der himmel würde es ihr lassen wol ergehen, für diesen gehorsam, den sie ihm erwiese. Also verliesse er sie, dem verliebten König seine antwort und das jawort zu bringen. Sie bate ihn aber beim abschied, er wolte doch verwehren, daß der König noch etliche tage sie zu sehen verschieben möchte: weil ihr unmüglich fiele, in so geschwinder eile ihre sinne zusammen zu bringen, und in diese entschliessung sich gebürlich ein= zurichten.

Mein armer bruder, mehr todt als lebendig, wuste nicht, nach angehörtem diesem schlusse, wo er ware, und folgete mir aus dem zimmer auf dem fuß nach, als ich, die Amorite nun allein wissend, wieder zu ihr ginge. Keines von uns dreien, vermochte anfangs den mund auf= zuthun. Weil Amorite wol vermutete, wir würden alles mit angehört haben, wie sie dann solches aus unserm ge= sichte leichtlich abname, als ware auch sie erblödet zu reden. Ich muste endlich die erste seyn, so sprechend wurde: da dann meine worte auf eine klage hinaus liefen. Ich kunte nicht umhin, ihr fürzurucken, daß sie also meinen liebsten bruder verlassen. Sie beantwortete dieses erstlich mit ihren thränen; endlich aber überwande sie den schmerzen, und sagte zu mir: Ich lasse dich selbst urteilen, liebste Arbelise! ob du, wann du wärest in meiner stelle gewesen, hättest anderst verfahren können. Mehre derhalben mein leiden nicht mit deinem bezeugenden unwillen: sondern hilf mir vielmehr den Prinzen Apries überreden, diese schickung unseres verhängnisses gebultig zu ertragen. Ach Amorite! (singe hierauf der halbtodte Apries an zu reden) so wollet ihr mich verlassen? Hiermit fiele er ihr zu fuß, und um= fassete ihre kniee. Sie aber risse sich von ihm los, und als sie, so viel müglich, die thränen verschlucket, sagte sie: Ich verlasse euch nicht, Prinz von Hemath, sondern mein glück verlässet mich. Und weil ich wol besahre, ihr werdet die Amorite nicht so bald, wie ihr müsset, vergessen können:

so beschwöre ich euch bei dem himmel! begebet euch mit ehstem von hinnen, und beunruhiget, mit eurer mir gar zu lieben gegenwart, nicht ferner mein gemüte, da ich euch nicht mehr sehen darf. Gehabt euch wol, mein Prinz! und beklaget mehr in diesem zustande, die unglückselige Amorite, als daß ihr sie dieserwegen anklagen woltet.

In erwehnung dieser letzten worte, umarmete sie meinen bruder, der ohnmächtig bei mir niedersunke. Sie aber wandte sich zu mir im hinausgehen, sagende: Habe acht, Arbelise, auf deinen bruder, und verschaffe, zu sein= und meiner ruhe, daß er mit dem ehrsten hinwegkomme."

Nun versucht Apries die Geliebte, die Schwester und sich selbst durch die Flucht zu retten, wird aber verraten, und der König Jobat, von eifersüchtiger Wut getrieben, läßt dem eigenen Sohne das Haupt abschlagen. Amorite und Arbelise werden durch des Apries treuen Waffenträger aus den Händen des grausamen Königs errettet.

Mit feiner Menschenkenntnis gezeichnet ist die erste Hälfte der Geschichte des Prinzen Dison von Seir II 18. Dieser wird von Arabern gefangen und kommt als Sklave in die Dienste des Prinzen Marbocentes, der jedoch den wahren Stand und Namen seines Sklaven nicht kennt. Aus dem Verhältnisse des Dieners steigt Dison zum Freunde des Marbocentes auf und begleitet ihn an den Hof der Königin von Saba, der Petasiribe, welcher Marbocentes gegen ihre aufständischen Unterthanen zu Hilfe zieht. Marbocentes verliebt sich in die schöne Petasiribe, diese aber will von seiner Werbung nichts wissen, da sie eine Leidenschaft für den Dison empfindet, welcher jedoch die Sache des Freundes, wenn auch mit Schmerzen, auf alle

Weise zu begünstigen sucht. Der Kampf zwischen Freundes-
treue und eigenem Liebesglück, die Leidenschaft der verschmähten Petasiribe, die sogar den Dison, da sie ihn nicht
zu gewinnen vermag, ermorden lassen will, der Schmerz
des Marbocentes, der in dem Dison bald den treuen
Förderer seines Glückes liebt, bald den bevorzugten Nebenbuhler hassen zu müssen meint, alles dieses ist mit großer
Wahrheit gezeichnet.

Überhaupt findet sich in dem ganzen Roman keine einzige Erzählung, welche der Spannung oder der Anmut der
Form entbehrte. Und wie reich weiß der Dichter die Fülle
der Nebenumstände zu gestalten! Ihre Betrachtung allein
könnte schon genügen, den Leser dauernd zu fesseln. Im
ersten Bande 496 ff. wird uns im Anschluß an die Geschichte von Lots Töchtern ein Volk von Riesen vorgeführt,
und bei der Schilderung ihres Lebens und Treibens wird
man fast an die Gestaltungskraft erinnert, die im „Sturm“
einen Kaliban schuf. Löwen brechen aus II 180, in packen-
der Lebendigkeit sehen wir das Unheil sich entwickeln und
beseitigt werden. Kriegerische Bilder sind in III 365, 375
gezeichnet, als flössen sie aus der Feder eines Instruktions-
Offiziers. Weissagungen werden III 468 gegeben, die in
ihrer geistvollen Fassung zugleich auf die Wünsche hin-
deuten, welche der fürstliche Dichter in seinem eigenen
Herzen trug. Ergötzlich ist die Beschreibung des Noah-
kastens III 502, der warmen Bäder IV 189, 212. Einen
Drachenkampf führt der Dichter uns IV 563 vor, einen
Hochzeitzug IV 767, ein idyllisches Drescherbild V 203.
Und überall weiß der Verfasser seine Darstellung abzu-
runden und ihr Inhalt zu geben. Unwahrscheinlichkeiten

laufen auch mit unter, nirgend aber sind sie so grob, so albern wie bei Buchholtz, bei Lohenstein, oder gar, um auch einen neueren heranzuziehen, wie bei Fouqué im Zauberring.

Der fünfte Teil der Aramena führt den besonderen Titel: Mesopotamische Schäferei. Wie in vielen andern Dingen Anton Ulrich sich als Sohn seiner Zeit erwies, so verschmähte er auch nicht die Spielerei, welche sich in der Nachahmung eines Standes gefiel, den man vor allen andern als Inbegriff des Friedens preisen zu müssen glaubte. Man hat die Pegnitzschäfer und ihre Genossen verspottet, und doch liegt etwas Berechtigtes in dem Bestreben, nach den entsetzlichen Greueln des großen Krieges ein Bild des Friedens zu suchen. Wenn nun aber Anton Ulrich sich den äußern Formen der Schäferpoesie fügte, so verfiel er doch keineswegs in die inhaltlosen Spielereien dieser Gesellschaften. Auch er redet von Fürsten und Edlen, welche sich ganz auf das Land zurückziehen und bei den Schafherden in bescheidenen Hütten ihr Lebensglück suchen, aber die eigentümliche starke geistige Bewegung, welche in allen Worten des Herzogs pulsiert, vermissen wir auch hier nicht. Statt des süßlichen Geschwätzes der Harsdörfer und Klai finden wir in der Mesopotamischen Schäferei bewegte Handlung. Mit Vorliebe stellt sich Anton Ulrich auch hier wieder psychologische Aufgaben. Auf S. 28—52 giebt er die Geschichte des Nahor und der Aprite. Der Fürst Nahor, Sohn des Laban, findet kein Gefallen an dem Schäferleben, welchem seine Eltern nach Anordnung seines Großvaters Bethuel sich hingeben; ihn treibt es, sich Kriegsruhm zu erwerben. Heimlich verläßt er die Schäferei seiner

Eltern und begiebt sich in assyrische Dienste. Durch seine Tapferkeit steigt er bald bis zur Stellung eines Feldherrn auf und wird mit seinen Truppen nach Amida in Mesopotamien verlegt. Dort aber verhalten die einheimischen Hirten sich feindselig gegen die aufgedrungene Einquartierung, und es ereignet sich, daß eine junge schöne Hirtin, Aprite, einen königlichen Hauptmann tötet, welcher ihre Ehre bedroht. Aprite wird vor Nahors Richterstuhl geführt.

„Als ich sie zur verhör kommen lassen, kan ich nicht sagen, ob ihre wunderschöne, oder ihr majestätisches unerschrockenes Wesen, oder diese ihre dapfere that, mich am meisten bewogen und eingenommen habe: massen meine augen, ohren und sinne so völlig bezaubert wurden, daß ich das in dem augenblick an mir zu fühlen begunte, was ich vordessen nie entfunden hätte. Ihre ankläger brachten nach der länge vor, wie ihr haubtman, der sich Mesistus genant, diese dirne, welche sie unter den hirtinnen gefangen bekommen, zu seiner lust gebrauchen wollen: da sie aber, mit unerhörten verwegenheit, sein schwerd ergriffen, und ihn damit dermassen verwundet, daß er davon sterben müssen. Eine angeneme schamröte überzog ihre wangen, als man mir diese that, die man ihr anmuten dörffen, so offentlich erzehlte.

Nachdem ich ihr befohlen, sich zu verantworten, sahe sie mich mit solcher herzhaftigkeit an, zugleich ihren unmut erweisend, daß sie bässer die stelle des richters, als eines beklagten, hätte bekleiden mögen. Ich habe zu der verantwortung nichtes hinzuzufügen (sagte sie), die meine ankläger bereits für mich gethan, und verhält es sich aller-

dings, wie sie zu meiner rechtfärtigung erzehlet haben. So
haltet ihr das (fragte ich sie) für ein geringes, an einen
königlichen haubtman hand anlegen? Um meine ehre zu
bewahren (antwortete sie ganz mutig) wolte ich Könige
selbst also abfärtigen, wan die des sinnes würden, den der
ehrlose Mesistus erweisen dörfen. So beherzter reden (ver-
sezte ich) hätte ich von einer gemeinen schäferin mich nicht versehen. Versichert euch, Fürst von Haran! (gabe sie zur
antwort) daß alle meine gespielinnen in Amida also reden
werden, wie ich, und das nicht der stand, sondern die tugend,
herzhaft mache."

Nur mit Mühe vermag Nahor das Leben der Aprite
zu erhalten, doch muß er sie an den Schandpfahl stellen
und dann des Landes verweisen lassen. Aber er sendet sie
seinen Eltern zu, bei denen sie Aufnahme findet. Nahor
folgt ihr nach, seine Leidenschaft wächst mit jedem Tage.
Aprite liebt auch ihn heimlich, aber höher als alles andere
steht ihr das Gebot der Ehre; die Zumutung, Nahors Geliebte zu werden, weist sie schroff zurück, sie nimmt Armut,
Mangel, Leiden aller Art auf sich, um rein zu bleiben.
Den Nahor aber bewegt aufs heftigste der Kampf zwischen
seiner Liebe und den Rücksichten auf seinen Stand und
seine Eltern, bis nach langem, hartem Streit die Liebe
den Sieg gewinnt. Es ist ein großer und doch zugleich
menschlicher Charakter, der hier in der Aprite gezeichnet
wird. Das Bewußtsein ihrer Liebe läßt sie heimlich manche
heiße Thräne vergießen, aber ihre Standhaftigkeit bleibt
unerschüttert. Wir müssen dem Dichter beistimmen, wenn
er S. 56 einen Fremden sagen läßt: „Wann man aus eurem
beyspiel von den andren Mesopotamischen hirten urtheilen

mag, so müssen alle leute von hofe hierher zur schule
kommen, um von euch recht leben zu lernen."

In neuer Weise wird dem Schäferleben dadurch In=
halt gegeben, daß von S. 291 ab die Königin von Meso=
potamien als Richterin eingeführt wird, die nach regel=
rechten Verhandlungen eine Reihe von Rechtsfällen ent=
scheidet.

Die Sprache der Aramena ist in allen fünf Bänden
eine gleichmäßig reine, gewählte, in der wir geschmacklose
Fremdwörter völlig vergeblich suchen. Der Satzbau leidet
nirgend an der endlosen Schwerfälligkeit anderer Zeit=
genossen. Sobald man nur einige wenige grammatische
Formen modernisiert, klingt die Sprache ähnlich wie der
Stil unserer Zeit.

Noch mehr Leben würde die Darstellung gewinnen,
wenn der Dichter weniger den Hofstil festgehalten hätte;
aber auch in bewegten Stellen weicht er kaum von dem=
selben ab. Schwülstige Ausbrücke, wie II 212: „Er machete
folgende zeilen eine wachstafel verwunden" sind sehr selten.

Auch an grammatischen Besonderheiten ist die Aramena
nicht reich. Öfter findet sich ein vom heutigen Gebrauche
abweichendes Geschlecht der Dingwörter: unter diesem
pracht I 174; man würde den gift vermerken II 304; so
großen lust II 334; ein anderes ort II 204; der wachs=
tum II 232; der tuck II 33; der gewalt I 14; der werk=
zeug I 17. Des Prinzens, des Fürstens werden durchweg
stark bekliniert. In weiblichen Endungen erscheinen: eure
gefangenin II 326; diese frömbin II 327. Dem Praeteri=
tum der starken Verba wird regelmäßig ein e angehängt:
er hielte, fiele, verstunde, gabe, hube; auch werden einige

durchweg in der schwachen Form gebraucht: scheidete III
233: erhebten III 369. Einige ältere Formen finden sich:
verbronnen II 390. Zuweilen laufen niederdeutsche Formen
mit unter: braf, statt darf I 43. Abweichungen im Ge=
brauch der Fürwörter: er konnte ihm nichts gutes vermuten
I 25; er zerbrach ihm (sich) den kopf II 191; sie nahm ihr
für I 26; sie bildete ihr ein I 26; sie mußte ihr alles ge=
fallen lassen I 29. Mit dem Dativ wird oft gebraucht die
Praep. gegen: gegen dem unglück I 25; gegen ihr I 31;
gegen der II 195. Bei gebrauchen steht der Genitiv: ihr
gebrauchet der gelegenheit I 43; seines rates gebrauchen
I 45; der luft gebrauchen II 196. „Er hatte der stand=
haftigkeit vonnöten" erinnert an Riccaut's: „Als ich nicht
hatte · vonnöten der Glück." Häufig findet sich die Um=
stellung des Satzes nach „und"; beliebt ist auch die Stellung:
Dann der schrecken mich so verblendet II 189, 251, 217, 226.
Oft erscheinen die von Goethe gern gebrauchten Verbin=
dungen: wie denn, da dann III 376, 377. Jetzt nicht
mehr gängige Formen kommen selten vor: risch als ein reh
II 232; fürkommung II 227; gespör III 373; ausheimig
II 505; lautmärig III 458. Anklänge an französischen Satz=
bau sind die öfter gebrauchten Partic. praes.: sich erinnernd,
daß sie vor der Königin stunde II 189.

Es ist nicht erforderlich, auf diese Dinge weiter ein=
zugehen; mehr oder weniger sind sie Eigentum aller Schrift=
steller des 17. Jahrhunderts.

Im Jahre 1673 erschien der letzte Band der Aramena;
1677 folgte der zweite große Roman des Herzogs: Die
Römische Octavia, in 6 Bänden von zusammen 6822
Druckseiten (Cholevius hat sich verzählt).

Der Schauplatz und die Begebenheiten dieses Werkes sind uns wesentlich näher gerückt; es behandelt die Geschichte der römischen Kaiser von Claudius bis Vespasian. Auch dieser Roman ist keineswegs ein einheitliches Werk; seine Teile sollen durch die Liebesgeschichte des Königs Tyribates von Armenien und der Octavia zusammengehalten werden; letztere ist Kaiser Claudius' Tochter, Neros Gemahlin. Aber noch mehr als in der Aramena bleibt der leitende Faden in ansehnlichen Teilen des Romans unsichtbar, und ebenso wenig wie dort üben die als Hauptgestalten eingeführten Personen einen irgendwie entscheidenden Einfluß auf die Entwicklung des Ganzen aus. Wenn trotzdem die Octavia planmäßiger angelegt erscheint, so ist das wohl nicht, wie Cholevius meint, bewußte Absicht des Dichters, sondern der Stoff brachte es mit sich; denn wenn wir in der Aramena ausschließlich Fantasiegestalten des Verfassers haben, so sehen wir in der Octavia vorwiegend geschichtliche Persönlichkeiten.

Die Wahl dieses Stoffes steht im Zusammenhange mit dem Leben des Herzogs. Anton Ulrich wußte seinen Einfluß weit auszudehnen, seine Persönlichkeit gewinnt immer mehr an Bedeutung unter seinen Zeitgenossen. Es ist schon darauf hingewiesen worden, daß der Herzog in die politischen Verhältnisse des deutschen Reiches wiederholt bestimmend eingriff. Sogar mit der französischen Regierung unterhielt er Beziehungen.

So wird auch in der Octavia eine Politik großen Stiles betrieben. Es handelt sich gleich im Anfange um die Besetzung des römischen Kaiserthrones durch den König

Tyridates von Armenien. Bekanntlich weiß die Geschichte von solchen Thatsachen nichts, wenn man nicht etwa die unklaren Andeutungen Suetons im 13. Kap. seiner Lebens=beschreibung des Nero dahin auslegen will; der Dichter erfand sie, da sie seinen Absichten förderlich waren. Die Handlung, welche fast ausschließlich durch die Einlagen weiter geführt wird, beruht mehr auf Intrigen, als auf kraftvollen Thaten, gerade wie die politischen Ereignisse des 17. Jahrhunderts durch geheime Unterhandlungen, durch Hinterthürenerfolge gefördert zu werden pflegten.

Doch der Dichter verliert sich nicht in das Gewirr der kleinen Fäden; er hebt sein Werk auf einen hohen, um=fassenden Standpunkt, indem er die Macht des jungen Christentums in seinen Charakteren wirksam werden läßt. Alles, was diese Seite des Romans betrifft, ist Zuthat des Verfassers, und er hat seine Einlagen mit solchem Fein=gefühl den Darstellungen der römischen Geschichtschreiber anzupassen gewußt, daß die einzelnen Teile des Romans nicht als fremdartige Stücke neben einander stehen, sondern sich als verwandte Teile eines Ganzen ausweisen. Durch die christliche Weihe giebt der Dichter einigen seiner Per=sonen, besonders der Octavia und dem Tyridates, eine sitt=liche Größe, welche diese den bedeutendsten Gestalten unserer besten Dramen naherückt.

Aber auch andere Personen versteht der Dichter mit Fleisch und Blut zu begaben; namentlich weiß er den heldenmütigen Kampf um die Liebe und die duldende Treue in geschickter Weise zu verwerten. Ungemein wirksam werden oft die Gegensätze dicht neben einander gestellt. In der Geschichte der Flavia Domitilla II 920 ff. tritt er=

greifend die treue Liebe der Tochter und der Coenis, die
beide jedes Opfer zu bringen selbstlos bereit sind, der eigen=
nützigen Unbeständigkeit des Vaters gegenüber.

Sehr eigenartig wirkt der Umstand, daß der Dichter
für seine Darstellungen sich einen doppelten Schauplatz ge=
schaffen hat: die glänzenden Paläste auf dem Palatin, die
Straßen, die Plätze des kaiserlichen Rom, und daneben die
unterirdische Stadt der Christen, die weitgedehnten Kata=
komben. Beide sind dicht an einander gerückt, und doch
sind sie völlig verschiedene Welten; das Sonnenlicht bestrahlt
die wüsten Leidenschaften, die Schandthaten des entarteten
Heidentums, doch im Dunkel der Unterwelt walten die er=
habensten Tugenden, und die verborgenen Grabhöhlen werden
Zufluchtsstätten für die Opfer der Tyrannen, die im Schmuck
des Purpurs einherschreiten. Auch nach Massilien und
Dacien, nach Inseln des schwarzen Meeres werden wir ge=
führt, und die Beziehungen der handelnden Personen, die
nach und nach in übergroßer Zahl auftreten, reichen durch
alle Teile der römischen Welt von Britannien bis zum
Indus.

Es ist ein wahrhaft großartiges Bild, das sich vor
unsern Augen entrollt, groß durch den weiten Gesichtskreis,
den es umspannt, größer noch durch die Tiefe des Geistes,
welcher die handelnden Personen belebt; höchst anziehend
auch wieder durch die feine psychologische Kunst, in welcher
sich die Hand des vielerfahrenen Weltmannes beweist.
Während aber in der Aramena heller Sonnenschein auf den
grünen Fluren und den blühenden Gärten liegt und stellen=
weis auch übermütige Lust waltet, ist in der Octavia ein
schwerer Ernst der bestimmende Grundton.

In gleicher Weise unterscheidet sich die Sprache der beiden Romane. Die Anmut, der leichte Fluß der Rede, wie er die Aramena belebt, ist der Octavia nicht zuteil geworden. Beiden gemeinsam aber ist die Sicherheit und die einheitliche Färbung des Stils. Es mag eine Probe folgen. In der zweiten Abteilung des vierten Bandes S. 130 wird das Ende des Kaisers Otho, der hier stets Otto genannt wird, erzählt:

„Hierauf gieng er zu erst in sein geheimes cabinet, und verbrandte alle die briefe, so seinen freunden beym Vitellius können schaden thun, und folgends begab er sich in die schatzkammer, so nahe bey seinem schlaff=gemach war, und theilte alles geld in gewisse hauffen ab, davon Onomastus, Oscus, und seine kämmerlinge, wie auch seine abwesende bediente und auch Nero (der pontische) selbst jeder seinen theil haben solte. Als dieses verrichtet war, umhalsete er den Oscus, und fertigte ihn mit denen geschenken nach dem Nero und seinen bedienten ab, erließ auch seine kämmerlinge und behielte keinen bey sich als den Onomastus, den er für allen andern am liebsten hatte. Wie er nun eben im begrif war zu bette zu gehen, und sagte, daß er diese nacht seinem leben noch hinzuthun wolte, fühlte er sich ganz unvermuthlich rücklings umarmet, und hörte sich also anreden, wie mein Kayser, wie mein bruder, sollen wir nur noch eine nacht den theuren Otto unter den lebenden wissen? Ach Titianus, sagte Otto, als er sich umgesehen, gönnet mir der himmel, dich noch für meinem ende zu sehen? hiemit fielen sie einander um den hals und weineten bitterlich, Titianus aber viel hefftiger als Otto, der sich gleich wieder ermannete, und seinen bruder fragte, was ihn hätte

hieher getrieben, und ob ihm diese besuchung beym Cecinna
und Valens keine gefahr zuziehen würde. Titianus hub
hierauf an, sich ganz wehmüthig zu entschuldigen, daß die
schlacht verlohren worden, bey welcher lauter verrätherey
fürgegangen, woran theils Trebellius Maximus, theils
Suetonius Paulinus schuldig gewesen, die mit einander
heimliche verständnüsse gepflogen, was das verhängnüß ge-
wolt, gab Otto zur antwort, was der himmel beschlossen
gehabt, hat keine menschliche macht noch weißheit verhindern
können. Laßt uns nur davon sprechen, was meine freunde
in sicherheit und solch einen stand setzen könne, daß mein
tobt und Vitellius leben ihnen beyderseits nicht schäblich
seyen. Wie kan dis geschehen? fragte der betrübte Titianus;
und ist denn sonst kein mittel in der welt uns zu retten?
weißtu ein anders, mein bruder, fragte Otto, so mache es
bekant. Titianus seufzzete, ohne zu antworten, welches den
Otto in seinem fürhaben stärkte, und seinen bruder zu er-
mahnen veranlaste, er möchte so fort nach Rom eilen, und
der erste seyn, der sich für den Vitellius erklähre; wobey er
ihm auch unterricht gab, was er wolte, daß er für die
Kayserin Octavia in Rom verrichten solte.

Es hielte hart, ehe sich diese beyde brüder scheiben
kunten; bevor aber solches geschahe, erwiese Otto noch eine
begierde zu wissen, wie es seinen gewesenen liebling, dem
Licinius Proculus ergienge. Diesem ergehet es ganz wohl,
erwehnete Titianus; und hat keyner beim Cecinna so groß
gehör, als eben er. Otto seufzzete hiezu, und nach dem
bette sehend, worauf er den Dolch geleget hatte, bedeckte er
selbigen mit dem kopfküssen, damit Titianus dieses mörder-
liche gewehr nicht zu sehen bekäme; der dann endlich räumen

muſte, und den Otto nochmahlen umarmend, ſonder ein wort
zu ſprechen, mehr todt als lebendig aus der kammer ſchiebe,
nicht ohne furchtſame einbildung, daß er den Kayſer nicht
mehr ſehen würde. Otto gieng darauff zu bette, und ſchlieff
ſo ruhig, daß ihn auch Onomaſtus, der ſich für die kammer-
thür geleget hatte, kunte ſchnarchen hören.

So bald er nun bey früher morgen-zeit erwachet, rieff
er den Onomaſtus, und ließ ſich auf kriegeriſche art an-
kleiden, unter welcher beſchäfftigung er dieſen freygelaſſenen
ermahnte, alles treulich auszurichten, was er ihm befohlen
hatte, ſo er mit der größeſten gelaſſenheit des gemüths ihme
umſtändlich wiederhohlte, um es ihm deſto feſter in das ge-
dächtniß zu prägen. Hiernechſt umarmete er ihn, und ſagte
zu ihm, gehe nun hin von mir mein Onomaſtus, und laß
mich allein, ſonſt möchte man ſagen, du habeſt deinen
Kayſer ermordet. Wie nun Onomaſtus für betrübnüß verzoge, und ſeinen herren nicht verlaſſen kunte, ſtieß Otto ihn
wiewohl mit freundlichen gebährden zur thür hinaus, all-
wo ſich bereits viele von Generalen und andern kriegs bedienten verſammelt hatten. Jedweder betrachtete den weinen-
den Onomaſtus, und wolte viel aus ihm erfragen, er antwortete aber keinem nichts, ſondern verbarg ſich hinter die
leuthe.

Nicht lang darauf hörte man in des Kayſers gemach
einen fall, und einen lauten ſchrey, ſo den Plautius
Firmus, der zu nechſt an der thür ſtunde, veranlaſte das
gemach zu eröffnen, da dann er und die ſo ihme folgten,
den Otto ſahen in ſeinem blute liegen, und ſteckte ihm der
dolch noch in der bruſt, mit welchem er ſich entleibet hatte.
Er gab kein einiges lebens-zeichen mehr von ſich, und wie

dieſer tobes=fall gleich überall ruchtbahr wurde, brangen
hohe und niedere kriegs=bediente in das Zimmer, ihren
Kayſer zu ſehen. Es entſtund bey jebwedem ein geſchrey;
und verfluchten ſich ihrer viel ſelber, baß ſie ihren Kayſer
nicht beſſer bewahret und acht auf ihn gegeben hätten, baß
er ſich nicht ſelbſt alſo gewaltſamlich entleiben können.
Onomaſtus und Oſcus die ſolbaten ſo geneigt für ben Otto
erfindend, traten bamit herfür, und vermelbeten ihnen bes
Kayſers letztes begehren, baß alſo fort bie anſtalt zu ſeinem
begräbnüß möchte gemacht werben.

Hiezu waren ſie nun allerſeits bereit, und indem einige
unter ihnen den holzhauffen auf bem großen markt zu
Brixellum zurecht machten, zierten andere die bahr, worauf
man den cörper legen wolte, mit blumen und wohlriechen=
ben kräutern aus; diejenige, ſo bazu gelangen kunten, lagen
auf ben knien, und küſſeten theils ſeine wunden, theils ſeine
Hände, viele zankten ſich barum, wer die ehre haben ſolte,
bie bahr zu tragen; und obgleich bie Generalen und hohe
kriegs=bediente aus furcht für bem Vitellius ſich eingezogen
hielten, und gar nicht mit vielen klag=worten ſich heraus=
lieſſen, ſo achtete boch ſolches ber gemeine ſolbat nicht,
ſondern erhube ben Otto himmelhoch, und ſchmähete hin=
gegen auf ben Vitellius, wie auch auf ihre ſelbſt eigene
Generals mit ben empfinblichſten worten.“

Manches allgemeine, was oben über die Aramena ge=
ſagt wurde, findet auch auf bie Octavia Anwendung. Nicht
Römer und römiſche Gewohnheiten ſehen wir vor uns,
ſondern Sitte und Sprache der Zeitgenoſſen bes Dichters.
Der Herzog folgt ſo frei ſeinen Anſchauungen, baß er un=
bebenklich ſeine Helden „einige pfeiffen Tabac aus=

schmauchen" läßt (Oct. IV² 436). Wenn in der Octavia die Gestalten plastischer hervortreten, als in der Aramena, so ist das der Einwirkung der klassischen Vorbilder bei= zumessen.

Denn für die Octavia sind die Quellen nachzuweisen; es sind aber nicht Tacitus' Annalen allein, sondern auch Suetons Vitae, und zwar sind beide sehr ausgiebig ver= wendet; vom Tode des Thrasea an muß Sueton alles geben. Auch in der Benutzung seiner Quellen zeigt Anton Ulrich seine Meisterschaft; er läßt sich aus ihren Angaben nichts entgehen, was ihm nutzen kann, aber er bleibt ihnen gegenüber völlig selbständig. Besonders weiß er sie in ge= schickter Weise zu ergänzen, ohne aus dem Tone zu fallen; eine leise Andeutung genügt ihm schon, ein volles Bild da= nach zu schaffen. Zu erwähnen ist noch sein Bestreben, er= zählte Greuel an allen Stellen, wo sie begegnen, zu mildern. Ein Vergleich mit seinen Quellen gewährt einen anziehen= den Blick in die Art der Arbeit des Dichters, darum mögen einige kleinere Abschnitte hier Platz finden, und zwar zu= erst die Stelle aus Sueton, Otho X u. XI, nach welcher der oben wiedergegebene Tod des Kaisers erzählt ist.

Fratrem igitur et singulos amicorum cohor- tatus, ut sibi quisque pro facultate consuleret, ab amplexu et osculo suo dimisit omnes, secretoque capto, binos codicillos exaravit ad sororem consolatorios. quidquid deinde epistolarum erat, ne cui periculo aut noxae apud victorem forent, concremavit. divisit et pecunias domesticis ex copia praesenti.

Atque ita paratus, intentusque jam morti, tumultu inter moras exorto, ut eos, qui discedere

et abire coeptabant, corripi quasi desertores detine-
rique sensit, Adjiciamus, inquit, vitae hanc noctem,
his ipsis totidemque verbis, vetuitque vim cuiquam
fieri; et in serum usque patente cubiculo, si quis
adire vellet, potestatem sui praebuit. post haec,
sedata siti gelidae aquae potione, arripuit duos
pugiones, et explorata utriusque acie, cum alterum
pulvino subdidisset, foribus adopertis arctissimo
somno quievit. et circa lucem demum expergefactus,
uno se trajecit ictu infra laevam papillam; irrum-
pentibusque ad primum gemitum, modo celans, modo
detegens plagam, exanimatus est, et celeriter (nam
ita praeceperat) funeratus.

Dem Tode dieſes Helden gegenübergeſtellt ſei die Er=
zählung vom Ende des Nero, Oct. I 1056. Auf einem
ſchlechten Pferde flüchtet Nero und gelangt mit vier Be=
gleitern an den Meierhof des Phaon:

„Es wurde nicht rahtſam befunden, daß er öffentlich
hinein ginge, weil die leute im haus ihn alle wol kenneten.
Demnach ſtiege er ab und ließe ſich durch einen umweg
führen, der voll bieſteln und dornen ware. Weil er bar=
fuß war, konnte er da nicht ſtehen: darum legte er ſeinen
rock unter die füße, und wartete alſo, bis daß das haus
von hinten zu eröffnet worden. Weil das aber eine weile
ſich verzoge, erinnerte ihn Phaon, ob er ſich entzwiſchen in
die nächſte ſandgrube verbergen wolte: welches er aber ganz
übel nahm, vorgebend, wie er nicht begehrte lebendig unter
die erde zu kriechen. Als ihn eben ſehr dürſtete, ſchöpfte
er waßer mit der hand aus einem ſumpfe, und ſagte:
Dieſes iſt nun das herrliche gekochte waſſer, das Nero zu

trinken gewohnet ist. Epaphrobitus tröstete ihn, daß es bald bäßer werden würde: worauf er nichts antwortete, und die übrige zeit, indem er also warten muste, damit verbrachte, daß er die bornspitzen, die in seinem rocke waren hangenb geblieben, auspflückte.

Nachbem endlich der keller eröffnet worden, muste er auf hänben und füßen hinein kriechen: dann in den hinter= hof hinein zu gehen ware zu gefährlich, weil daselbst eben viele von des Phaons slaven sich einfunden, die nicht würden geschwiegen haben, wann sie den Kaiser alba gesehen hätten. Er war so müde und abgemattet, daß er ein bette ver= langte: so ihm schmutzig gnug bereitet wurde. Wiewohl er auch dabei hunger hatte, weigerte er sich doch grobes landbrod zu essen: wiewol er, da der burst ihn so sehr meisterte, warmes wasser zu trinken sich nicht erwehren konnte, das er aber mit großem unmuht und vergießung vieler thränen zu sich nahme. Er wolte hierauf etwas allein seyn: darinn man ihm willfahrte."

(Die in eckige Klammern eingeschlossenen Stellen sind von Anton Ulrich frei zugeseßt.)

„[Aber er bliebe nicht allein, indem ihn bünkte, daß alle die seelen derjenigen, die er unschulbig hatte hinrichten lassen, aus der erden herfürkamen, und ihn ängstigten. Die so er am meisten betaurete, als die Prinzessin Octavia, mit dem Britannicus und der Antonia, ihren geschwiestern, sahe er alleine nicht; die er sonst um verzeihung würde gebeten haben. Hiernächst singe ihm so erschrecklich an zu grauen, als er das noch anhaltende donnerwetter und erd= beben vernahme, daß er dem Sporus rieffe, zu ihm zu kommen.] Dieser ermahnte ihn, er möchte doch durch den

tod sich der schande entreissen, die ihm bevorstünde: das er
zwar beachtete, aber, so lang es nur müglich, zu verschieben
gedachte. Jedoch seine todesgedanken zu erweisen, rieffe er
seine übrige drei gefärten auch hinein, und begehrte an sie,
eine grube nach der länge seines leibes auszugraben, und
marmolsteine, wo sie zu finden, wie auch wasser und holz
zu seiner begräbnis, herbei zu bringen. Dieses alles be=
stellte er mit vielen thränen, dabei sagend: O Jupiter!
was für einen künstler verliert die welt an mir!

[Phaon wurde damit in seinen mairhof zu kommen
beruffen: da der Nero etwas still bliebe, und seinen jetzigen
elenden zustand bei sich überlegte, indem seine hofstatt nun=
mehr in drei oder oder vier freigelassenen bestunde, da er
kurz vorher so viel tausend edle um sich gehabt, denen er
gebieten können. Hierbei fiele ihm das letzte schauspiel ein,
das er dem volk auf der schaubühne fürgestellet, und da er
so schändlich verstummen müßen: Und gedachte er nun, wie
er nur gar zu wahrhaftig seine jetzige elende person für=
gestellt hätte, indem es nun also einträffe, daß seiner ver=
wandten und anderen vergossenes blut sein verderben be=
gehrte. Bey solchen traurigen gedanken, erschracke er ohn
unterlaß, und fuhre in einander: und konnte kein hund
bellen, oder han krähen, daß er nicht gedacht hätte, es
kämen seine häscher, die ihn sahen und für gericht führen
wolten.]

Der ganz=entstellte Phaon kame bald wieder zu ihme:
dem er es bald ansahe, daß er ein neues anligen hatte.
Er trug briefe in der hand, die ihm Nero gleich abnahme,
und aus denselben lase, wie Aponius den Phaon berichtete,
daß nunmehr der raht ihn für feind erkläret hätte, und er

demnach aller orten gesucht würde, dem herkommen nach
abgestrafft zu werden. Worinn bestehet dann diese straffe?
fragte Nero mit bebender stimme. Es wird (antwortete
Phaon) ein solcher übelthäter nackend ausgezogen, sein kopf
an einen galgen vest gemacht, und er also mit ruhten zu
tod gepeitschet. O wehe! rieffe hierauf Nero, und fiele
damit zurück auf den boden.

Man muste ihm sofort zween dolche bringen: die ver=
suchte er, ob sie auch scharf wären, steckte sie aber wieder
bey, sagend, seine sterbstunde wäre noch nicht gekommen.
Hiemit lage er in stetem herzschlagen auf der erde und
wunde sich wie ein wurm. Als ihn auch dünkte, Sporus
weinete nicht genug, streckete er dem die hand zu, und er=
mahnete ihn, sein elend doch recht zu beklagen. Bald
wandte er sich zu den andern, und bate sie, es möchte ihm
doch jemand mit einem guten sterb=exempel vorgehen: zu
dem ende er ihnen auch die Dolche hinreichete. Als aber
niemand lust darzu erwiese, schalt er so wol auf ihre, als
auf seine eigene zaghaftigkeit, und sagte: schändlich habe
ich gelebet, schändlich bezeige ich mich auch im tode. Es
ziemt dir nicht, Nero! zeige ein gemüte, das deiner vor
eltern werth sey, und entreiße dich selbst diesem elende.

Es würde diese vermahnung es noch nicht bei ihm
ausgemacht haben, wann er nicht an dem pferd=getrappel
wargenommen hätte, daß die reuter kämen, ihn zu suchen.
Es fiele ihm hiebei ein vers aus dem Homerus ein, den
er zitternd hersagte:

Es kommt mir zu gehör das trappen schneller pferde,
ihr schnauben wirft den staub der aufgetriebnen erde.

Hiemit gabe er feinen freunden eine traurige gute nacht, und bate fie zu guter letze, zu verwehren, daß ihm fein haupt nicht abgeschlagen würde, noch in feiner feinde gewalt käme, fondern daß fein leichnam ganz möchte verbrannt werden: das fie ihm auch verhießen.

Alfo ermannte er fich endlich, und stieße ihm felbst den dolch in die gurgel. Weil aber diefer stoß mit einer zitterenden hand gefchahe, ware er nicht töbtlich: deshalben mufte Epaphrobitus ihm helfen, daß der dolch vollends hindurchgienge. Indem kamen die reuter, von dem Icelus geführt, und den Nero alfo erbärmlich ligen fehend, erweckte es bei ihnen noch ein mitleiden, daß einer von ihnen, die wunde zu verbinden hinzu lieffe. Nero aber, mit halb=sterbender stimm, fagte zu diefem foldaten: es ist zu fpäte! und: ist das eure treue? Worauf er nichts mehr fagte."

Hierzu gehört Sueton, Nero c. XLVIII, XLIX:

Ut ad deverticulum ventum est, dimissis equis inter fruticeta ac vepres, per arundineti semitam aegre, nec nisi strata sub pedibus veste, ad aversum villae parietem evasit. ibi hortante eodem Phaonte, ut interim in specum egestae harenae concederet, negavit, se vivum sub terram iturum: ac parumper commoratus, dum clandestinus ad villam introitus pararetur, aquam ex subjecta lacuna poturus manu hausit, et, Haec est, inquit, Neronis decocta. dein, divulsa sentibus paenula, trajectos surculos rasit: atque ita quadrupes per angustias effossae cavernae receptus, in proximam cellam, decubuit super lectum, modica culcita, vetere pallio strato instructum. fameque interim et siti inter-

pellante, panem quidem sordidum oblatum asperna-
tus est, aquae autem tepidae aliquantulum bibit.

Tunc. unoquoque hinc inde instaute, ut quam
primum se impendentibus contumeliis eriperet, scro-
bem coram fieri imperavit, dimensus ad corporis
sui modulum: componique simul, si qua invenirun-
tur, frusta marmoris, et aquam simul ac ligna con-
ferri, curando mox cadaveri, flens ad singula, atque
identidem dictitans: Qualis artifex pereo! inter
moras perlatos a cursore Phaontis codicillos prae-
ripuit, legitque, Se hostem a senatu judicatum, et
quaeri, ut puniatur more majorum: interrogavitque,
quale id genus esset poena. Et cum comperisset,
nudi hominis cervicem inseri furcae, corpus virgis
ad necem caedi: conterritus, duos pugiones, quos
secum extulerat, arripuit; tentataque utriusque acie,
rursus condidit, causatus, Nondum adesse fatalem
horam. ac modo Sporum hortabatur, ut lamentari
ac plangere inciperet: modo orabat, ut se aliquis
ad mortem capessendam exemplo juvaret: interdum
segnitiem suam his verbis increpabat: Vivo defor-
miter ac turpiter: οὐ πρέπει Νέρωνι, οὐ πρέπει. νή-
φειν δεῖ ἐν τοῖς τοιούτοις. ἄγε ἔγειρε σεαυτόν. jamque
equites appropinquabant, quibus praeceptum erat,
ut vivum eum attraherent. quod ut sensit, trepi-
danter effatus: Ἵππων μ᾽ ὠκυπόδων ἀμφὶ κτύπος οὔατα
βάλλει, ferrum jugulo adegit, juvante Epaphrodito,
a libellis. semianimisque adhuc, irrumpenti centu-
rioni, et paenula ad vulnus apposita, in auxilium
se venisse simulanti, non aliud respondit, quam

Sero, et Haec est fides. atque in ea voce defecit,
exstantibus rigentibusque oculis usque ad horrorem
formidinemque visentium. nihil prius aut magis a
comitibus exegerat, quam ne potestas cuiquam ca-
pitis sui fieret: sed ut, quoquo modo, totus crema-
retur. permisit hoc Icelus.

Um auch zu zeigen, wie Tacitus benußt wurde, folge
hier ein Stück aus der Epifode, in welcher die Geschichte
der Kaiserin Octavia erzählt wird. Sie steht Oct. II 105.
Berichtet wird über den Tod des Kaisers Claudius, zur
Zeit, als er den Britannicus zu seinem Nachfolger ein=
seßen wollte.

„Indem er aber damit umginge, befiele er mit einer
krankheit und liesse sich nach Sinuessa führen, weil daselbst
luft und wasser bässer sind, als in Rom: woselbst hin dann
ihn der ganze Kaiserliche hof begleitete. Es hatten sich
kurz vorher viel wunderzeichen sehen lassen, und unter an=
dern war der himmel ganz voll feuer erschienen: das auch
an der Octavia und des Nerons hochzeittag beschehen.
Solches wurde zwar auf den tod eines von dieser beiden
gedeutet, es muste aber den guten Kaiser treffen: masen
die erboste Agrippina die gelegenheit in acht nahme, ihm
gift beizubringen, welches besto unvermerkter geschehen konte,
weil er ohne das krank war.

Locusta wurde hierzu gebraucht, als die im vergiften
sonderlich berühmt, und von der Kaiserin, um sich ihrer in
dergleichen bosheit zu bedienen, in schuß genommen war.
Einer von des Kaisers verschnittenen, Halotus genant, muste
ihm das gift in einer gewissen speise von schwämmen, so
er sehr liebte, fürseßen: das aber seine völlige wirkung

nicht erreichte, weil der Kaiser sich gleich erbrache, und also
das gift wieder von sich gabe. Mittlerweil aber dieses mit
dem Kaiser betrieben wurde, wolte man weder die Anto=
nia, noch die Octavia, noch auch den Britannicus, bei ihrem
herrvatter vorlassen, in vorwand, daß er schlieffe. Dem=
nach beweinten diese dreye zusammen, den elenden zustand
des Kaisers, und rieffen die götter um sein leben an: als
er bereits durch seinen leib=arzt, den Xenophon, durch aber=
maliges giftreichen war getödtet worden.

Dieser todesfall bliebe für uns und ganz Rom etliche
tage verborgen, weil die listige Kaiserin ihrem sohn das
regiment zuvor gewiß machen wolte, ehe dem volk des
Kaisers tod kund würde. Burrhus, wie auch Seneca,
Pallas, und andere ihre creaturen, liessen sich treulich hierzu
gebrauchen: inzwischen in Rom, woselbst sie den Nero heim=
lich bei sich hatten, der raht, die burgermeistere und hohe=
priestere geschäftig waren, in allen tempeln um des Clau=
dius wiedergenesung die götter anzuflehen. So geheim
aber Agrippina diesen tod hielte, so unmüglich war es doch,
daß er in die länge verborgen bleiben konte, und erfuhren
wir solches in der Octavia zimmer: die aus treue gegen
ihrem bruder, ihm riehte, mit dem Narcissus sofort nach
Rom zu gehen, und sich den soldaten zu zeigen.

Wie nun dieser unglückseeliger Prinz zur abreise sich
rüsten wolte, erfuhre solches Agrippina: die dann gleich in
das zimmer gelauffen kame, darin diese beide sich befunden,
und dem Britannicus mit threnen um den hals fallend,
ihn fest in ihren armen beschlossen hielte, ihn das lebendige
ebenbild seines herrnvattern nennte, und gleich als aus
herzlicher liebe ihn nicht wolte fahren lassen, doch dabei

beteurenb; daß der Kaiſer noch nicht tod wäre. Wann
Octavia aus dem zimmer gehen wolte, erwiſchte ſie die
auch beim rock, und bate ſie, bei ihr zu bleiben: welches
ſie folgends mit der Antonia, als die zu ihnen hineinkame,
eben alſo anſtellte. Ach liebſte kinder meines Claudius,
(ſagte ſie zu ihnen) gönnet mir doch, daß ich euch ſehen,
oder vielmehr, daß ich in euch meinen ſterbenden gemahl
betrachten möge, und entziehet mir dieſen einzigen troſt
nicht, der mir in allem meinem leiden noch übrig iſt."

Tac. ann. XII 64: M. Asinio M.' Acilio con-
sulibus mutationem rerum in deterius portendi
cognitum est crebriis prodigiis. signa ac tentoria
militum igni caelesti arsere. — —

66: In tanta mole curarum valetudine adversa
corripitur, refovendisque viribus mollitia caeli et
salubritate aquarum Sinuessam pergit. tum Agrippina, sceleris olim certa et oblatae occasionis pro-
pera nec ministrorum egens, de genere veneni con-
sultavit, ne repentino et praecipiti facinus proderetur;
si lentum et tabidum delegisset, ne admotus supre-
mis Claudius et dolo intellecto ad amorem filii
rediret. exquisitum aliquid placebat, quod turbaret
mentem et mortem differret. deligitur artifex talium
vocabulo Locusta, nuper veneficii damnata et diu
inter instrumenta regni habita. eius mulieris ingenio
paratum virus, cuius minister e spadonibus fuit
Halotus, inferre epulas et explorare gustu solitus.
67: Adeoque cuncta mox pernotuere, ut temporum
illorum scriptores prodiderint infusum delectabili
cibo boleto venenum, nec vim medicaminis statim

intellectam, cocordiane aut Claudii vinolentia; simul
soluta alvus subvenisse videbatur. igitur exterrita
Agrippina, et quando ultima temebantur, spreta
praesentium invidia provisam jam sibi Xenophontis
medici conscientiam adhibet. ille tamquam evomentis
adjuvaret, pinnam rapido veneno inlitam faucibus
eius demisisse creditur. 68: Vocabatur interim se-
natus votaque pro incolumitate principis consules
et socerdotes nuncapubant, cum jam exanimis
vestibus et fomentis obtegeretur, dum quae forent
firmando Neronis imperio componuntur, iam primum
Agrippina, velut dolore evicta et solacia conquirens,
tenere amplexu Britannicum, veram paterni oris
effigiem appellare ac variis artibus demorari, ne
cubiculo egrederetur. Antoniam quoque et Octaviam
sorores eius attinuit, et cunctos aditus custodiis
clauserat, crebroque vulgabat ire in melius vale-
tudinem principis.

Wer die Erzählungen des Herzogs mit den Quellen
vergleicht, der wird nicht verkennen, daß der Dichter sich
seinen Vorlagen genau anschloß. Eine Veränderung der
Thatsachen, wie etwa Schiller in der „Jungfrau“, gestattet
er sich nirgend, und wo er Erweiterungen vornimmt, da
hält er den Ton des Originals fest; nur Einzelzüge werden
in das gegebene Bild eingetragen, um das Ganze durch die
aufgesetzten kleinen Lichter lebensvoller erscheinen zu lassen.
Der Dichter empfindet die Großartigkeit seines Stoffes und
weiß sie festzuhalten und zu erhöhen.

Und in dieser Weise ist durchweg der ganze Roman
gearbeitet. In allen seinen Teilen herrscht der ernste, an

vielen Stellen tragische Ton. Eine Welt des erbitterten
Kampfes thut sich vor unsern Blicken auf, aber nicht des
freudigen, siegreichen Kampfes um große, edle Güter, son=
dern wir gewahren ein feindseliges Ringen verworfener
Naturen um Gaben der Sinnlichkeit, um Gewaltherrschaft,
die aber selbst am Ziele keine Befriedigung findet, sondern
sich selbst verzehrt oder als Opfer noch größerer Verrucht=
heit fällt. Der schreckensvolle Niebergang des römischen
Weltreiches ist mit grellen, aber getreuen Farben ge=
schildert, und manche Teile des Werkes würden geradezu
niederbrücken, wenn nicht die schönen, oft so ergreifenden
Bilder des aufblühenden Christentums die Schrecken mil=
berten.

Und biese eine ernste Grundfarbe zeigt sich auch in
allen Episoden, überall gewahren wir Einzelkämpfe edler
oder gemeiner Naturen; für die heitern Liebesspiele der
Aramena ist hier kein Raum mehr. Auch die Haupt=
erzählung wird, ebenfalls im Gegensatze zur Aramena,
mehrmals durch Einlagen weitergeführt. Auf biese Weise
werden alle einzelnen Stücke der Octavia enger zusammen=
gebunden, als bie einzelnen Teile der Aramena.

Nur eine Episode der Octavia bildet einen auffallenden
Gegensatz zu allen übrigen Einlagen: es ist die Geschichte
der Prinzessin Solane (VI 163). Sie tritt aus bem all=
gemeinen Rahmen so sehr heraus, daß ihr Inhalt nirgend
einen Zusammenhang mit ben übrigen Erzählungen er=
kennen läßt. Wir wissen auch ben Grund dieser auffallen=
ben Erscheinung. In der Geschichte ber Solane schildert
Anton Ulrich die Schicksale der unglücklichen Gemahlin
König Georgs I. von England, Sophie, Tochter des Herzogs

Wilhelm von Celle, die auch die Prinzessin von Ahlden heißt. Nicht Anton Ulrich hat den Schlüssel zu dieser Episode gegeben; viele seiner Zeitgenossen erkannten auch ohne besondere Aufklärung die Gestalten und die Ereignisse. Aber erst lange Zeit nach dem Tode der beteiligten fürstlichen Personen wurden diese Vorfälle öffentlich besprochen. Ein Herr von W(olfram)itz gab im Leipziger allgem. lit. Anzeiger von 1797, S. 1451, ein Verzeichnis über die betreffenden Namen. Hannover heißt Pharnacia, Wolfenbüttel Soracien, der Kurfürst Ernst August Mythridates, die Kurfürstin Sophie Abonacris, Herzog Georg Wilhelm von Celle König Polemon, seine Gemahlin Eleonore Dynamis, die Prinzessin Sophie Solane, der Minister Graf Bernstorff in Celle Bartoces, der Graf Königsmark Aquilius. In der letzten Ausgabe der Octavia, welche der Dichter auf Anregung seiner Freundin, der Herzogin Elisabeth Charlotte von Orleans, teilweis umarbeitete und deren Episoden er von 42 auf 48 vermehrte, wurden sämtliche Namen geändert, statt Solane — Rhodogune, Polemon — Rhodobates, Dynamis — Euphemia, Bartoces — Bacinoris, Aquilius — Petilius Cerealis. Vielleicht wollte der Verfasser die ihm lästig gewordene Aufmerksamkeit der Leser von dieser Erzählung ablenken.

Außer zu dieser Geschichte der Prinzessin Solane ist für keine einzige andere Episode, weder der Octavia noch der Aramena, ein Schlüssel nachgewiesen worden. Es hieß, ein solcher sei vorhanden, in Wien wäre er auf der Kaiserl. Bibliothek niedergelegt. Auf eine Anfrage in Wien ist jedoch die Antwort eingegangen, daß man von einem solchen Schlüssel dort nichts wisse (Cholevius 296).

Freilich kann man nicht umhin anzunehmen, daß auch
in der Octavia noch mancherlei Anspielungen auf Begeben=
heiten des 17. Jahrhunderts verborgen sind. Der oben
(Seite 43) angeführte Brief der Herzogin Sophie von
Hannover bestätigt diese Vermutung. Und dazu kommt eine
Stelle aus einem Briefe von Leibniß, welcher von 1691
ab Bibliothekar in Wolfenbüttel war. Seine Worte lauten:
„Je voudrais, qu'on eût la clef et l'origine de quan-
tité d'Historiettes, qui y sont entrées aussi bien,
que dans l'Aramène: je l'entends de celles qui sont
de consequence. Si S. A. S. en laissait quelques
lumières en discourant et permettoit, qu'on les re-
cueillit, ce seroit un surcroit de l'obligation, que le
public luy a de ces ouvrages."

Man wird vergeblich nach Entzifferung dieser Geheim=
schrift suchen. Wenn selbst die nahe verwandte Herzogin
Sophie von Hannover und Leibniß die Einlagen beider
Romane nicht zu deuten wußten, so können nicht wichtige
geschichtliche Thatsachen, sondern höchstens geheime Hof=
geschichten ihnen zu Grunde gelegt sein. Für die Zeit=
genossen mochte Reiz darin liegen, diesen „Geschichtchen"
nachzuspüren. Für uns ist der Hofklatsch der Zopfzeit gänz=
lich wertlos. In den Briefen der Herzogin Elisabeth Char=
lotte von Orléans werden Anton Ulrichs Romane mehr=
fach lobend erwähnt, die fürstliche Freundin hat sie gern
und anhaltend gelesen; von einer Deutung der Episoden
ist an keiner Stelle die Rede.

Es wäre nun aber noch über andere Einlagen der
beiden Romane zu reden, welche keiner der bisherigen Be=
urteiler angesehen hat: es sind die zahlreichen Gedichte, in

beiden Werken zusammen mehr als hundert. Sie sind fast
alle lyrischer Natur. Allen gemeinsam ist die vollendete
Form; von der einfachsten Doppelzeile bis zum Sonnet
und zum 48 Verse langen Akrostichon (Oct. III 241) be=
weist jedes Gedicht eine außergewöhnliche Gewandtheit in
der Beherrschung der Sprache und des Rythmus; nur die
Reime sind zuweilen unrein. Der Inhalt ist fast immer
dem Leben der Liebe entnommen, ihr Glück, der Schmerz
der Sehnsucht, das Leid des Verschmähten, die Freude des
Wiedersehens, und was sonst noch dieser vielseitigsten Re=
gung des Menschenherzens angehört, wird besungen. Die
sehr mannigfache Form paßt sich überall dem Inhalt ge=
schickt an. Der dichterische Wert ist sehr verschieden. Neben
modegerechtem Schwulst stehen nicht wenige Gedichte von
wahrer, tiefer Empfindung. Wer Anton Ulrich voll würdi=
gen will, darf diese Dichtungen nicht außer Acht lassen.
Sie verdienten, in besonderer Sammlung neu heraus=
gegeben zu werden. Einige von ihnen mögen hier Platz finden.

Aram. I 110:　　　Ich bin getreu!
　　　　　　Kein elend kann mich scheiden
　　　　　von dir, mein ander ich.
　　　　　Liebst du mich, als ich dich:
　　　　　so sag ich ohne reu,
　　　　　solt ich drum alles leiden:
　　　　　　　Ich bleib getreu!

　　　　　Ich bin getreu!
　　　　wolt auch der himmel brechen,
　　　　und manchen sturm und strauß
　　　　drum auf mich schütten aus,
　　　　sag ich doch ohne scheu:
　　　　nichts kann mein herze schwächen,
　　　　　　Ich bleib getreu.

Ich bin getreu!
weil ich dein keusches lieben
acht' höher als die welt,
als ehre, glück und geld.
Ich sage dieses frei:
nie soll mich was betrüben,
bleibst du getreu.

Aram. I 392. Wer bleibt in dem vergnügt, was er bereits
erworben,
hat schlechten mut und ist ihm selber abgestorben.

Aram. V 235: Sie bleibt doch, die sie ist: gewölf du magst
bedecken
der Sonne angesicht mit einem schwarzen flor:
sie steht am himmel doch und schwebet hoch empor,
ob du dich stellst vor ihr, o Mond, mit deinen
flecken.

Was weltweit leuchten sol, das läßt sich nicht
verstecken.
verhintert man den schein, den glanz es nicht verlor,
der besto gülbner nur noch endlich bricht hervor.
Die zeit dem wolkenneid ein kurzes ziel wird
zwecken.

Wan eine nebelduft der Sonne biett den Krieg:
sie bringt doch endlich durch und wirft den feind zur
erbe,
dan fährt sie im triumph und pranget mit dem sieg.

Es leuchten noch so schön ihr wagen und die
pferde.
Stürm' immer her, gewölf, mond, nebel, wer du bist!
Die Sonne liget ob. Sie bleibt doch, die sie ist.

Auch an Scherz fehlt es nicht. Oct. VI 958: (Horaz
Ob. III, 7?).

> Verlangest du, Asterie,
> Daß unser feuer nie vergeh,
> So must du seyn, wie ich, gesinnet:
> Ein gleicher sinn und gleicher muth
> Erhält das öhl in steter gluht,
> Das auf verliebte seelen rinnet.
>
> Ich kan so keusch als Curius,
> So schamhafft nicht als Tatius
> auch nicht so fromm als Numa, leben;
> Glückselig wer der glieder braucht
> Eh zeit und kräffte sind verraucht,
> Die uns der himmel hat gegeben.
>
> Ich sitze manche nacht beym wein,
> und schütt' ihn voller freuden ein
> bis Eos will der sonne wincken,
> Du herentgegen eilst der ruh
> so bald du nur gegessen, zu,
> und marterst dich mit wasser=trincken.
>
> Du steckest in der Ketzerey,
> ob lieben nur vergönnet sey
> wenn nacht und dunckel uns beschatten.
> Ich herentgegen scheue nicht
> bey tag und bey der kertzen licht
> die liebes=opffer abzustatten.

Die Proben werden genügen, den mannigfachen In=
halt dieser Gedichte darzulegen.

Es ist notwendig, hier noch einmal auf die Sprache
des fürstlichen Dichters zurückzukommen. Früher ist sie oft
rühmend erwähnt; Sulzer in seiner Theorie der Schönen

Künste I 101 sagt: „Die Sprache (der Aramena) hat noch
Wörter und Wendungen, die man seitdem, zu großem
Schaden der Lebhaftigkeit und des Nachdrucks, vernach=
lässigt hat." Den Ausdruck nennt er „gleich, nett und
lebhaft".

Wenn die Sprache der beiden Romane von Spehr
in der Allgemeinen Biographie und seinen Nachtretern
„schwülstig, schwerfällig, unverständlich" genannt wird, so
ist das abermals ein schlagender Beweis dafür, daß diese
„Kritiker" es nicht der Mühe wert gehalten haben, auch
nur eine einzige Seite aus des Herzogs Werken zu lesen.
Gerade in seiner Sprache übertrifft Anton Ulrich alle seine
Zeitgenossen; seine Satzbildung ist gewandt, klar und über=
sichtlich, sein Ausdruck treffend, oft von besonderer Anmut,
ebenso frei von überflüssigen Fremdwörtern, wie von ge=
schmacklosem Zwangsdeutsch. Diese Sprache zeigt einen
reichgebildeten, formgewandten Dichter, der ein sehr aus=
geprägtes, lebendiges Gefühl für das Wesen seiner Mutter=
sprache besitzt und den sehr entschiedenen Willen beweist,
sie überall in ihrer eigensten Reinheit und Schönheit zum
Ausdruck zu bringen.

Eine geradezu auffallende Verwandtschaft, besonders
in dem leichten, flüssigen Satzbau, zeigt sich in der Sprache
Anton Ulrichs und Goethes. In den „Bekenntnissen einer
schönen Seele" erzählt Goethe selber, daß unter den Büchern,
die er in seiner Jugend las, „die römische Octavia vor
allen den Preis behielt." Die Sprache dieses Romans
wirkte nachhaltig auf Goethe ein, sogar in ihren Eigen=
heiten. Proben giebt jede Druckseite; es genügt hier, nur
einige folgen zu lassen. Um die Ähnlichkeit ungestört her=

vortreten zu lassen, sind einige grammatische Formen mo=
dernisiert; stilistisch ist nicht das geringste geändert.

Aram. III 489: „Als er aber nahe an Syrien ge=
kommen und über den Fluß Halys setzen wollen, hatten
die Schiffer, die ihn überführten, das Unglück, daß sie aus
Unvorsicht auf eine Klippe stießen, davon das Schiff schei=
terte und sie alle in Lebensgefahr gerieten; wie denn auch
unter allen im Schiffe niemand als der Prinz von Salem
und ein alter Kämmerling der Blisinde mit dem Leben
davonkamen." Goethe (Aus meinem Leben): „Die Treppe
ging frei hinauf und berührte große Vorsäle, die selbst
recht gut hätten Zimmer sein können; wie wir denn auch
die gute Jahreszeit immer daselbst zubrachten."

Octavia II 740: „Der boshafte Sejanus aber, um
den Tiberius bei dem Volk desto verhaßter zu machen, ließ
es dabei nicht bewenden, sondern trieb es noch weiter und
verhetzte den rat dahin, daß ein Befehl ausging, es sollten
alle Christen bei Lebensstrafe aus Rom entweichen. Ob
nun gleich Tiberius dieses Gebot nachgehends widerrufen,
so kam doch selbiger Gegenbefehl zu spät, daher ihrer viele
Rom bereits verlassen hatten. Unter diesen waren auch
mein Gemahl und ich begriffen: massen wir nach Hispa=
nien zu den Aelien, meines Mannes Verwandten, gingen.
Wir ließen aber den Aelius Adrianus, unsern Sohn, bei
meinem Vater zurück, der diesen lieben Enkel wegen der
Ferne des Weges und seines zarten Alters nicht erlassen,
sondern, so lang er lebte, bei sich auferziehen wollte."
Goethe (Wilh. Meister): „Der heilige Joseph, obgleich
jede kirchliche Verehrung hier oben lange aufgehört hatte,
war gegen unsere Familie so wohlthätig gewesen, daß

6*

man sich nicht verwundern darf, wenn man sich besonders gut gegen ihn gesinnt fühlte; und daher kam es,
daß man mich in der Taufe Joseph nannte, dadurch
gewissermaßen meine Lebensweise bestimmte. Ich wuchs
heran, und wenn ich mich zu meinem Vater gesellte, indem
er die Einnahme besorgte, so schloß ich mich ebenso gern,
ja noch lieber an meine Mutter an, welche nach Vermögen gern ausspendete und durch ihren guten Willen
und durch ihre Wohlthaten im ganzen Gebirge bekannt
und geliebt war. Sie schickte mich bald da-, bald dorthin,
bald zu bringen, bald zu bestellen, bald zu besorgen, und
ich fand mich sehr leicht in diese Art von frommem Gewerbe."

Oct. II 742: „Cajus Caligula war eben dazumal Kaiser
worden und befand sich auf der Insel Pandataria, wohin
auch Ulpius Trajanus dem Hof gefolgt war. Columella
brachte allda bei meinem Bruder sein Gewerbe an, wurde
aber höhnisch abgewiesen und bekam eine Antwort, die
weder ja noch nein hieß und mit welcher er gar nicht fried-
lich sein konnte. Wie er aber dergestalt von einer Zeit
zur andern hingehalten worden, und also, wie lang er auch
verharren mochte, ihm nichts auszurichten getraute, faßte
er diese kühne und großmütige Entschließung und ging
heimlich nach Rom: daselbst er zur genüge alle Gelegenheit in des Trajanus Palast ihm bekannt machte. Er suchte
auch Kundschaft bei dem sogenannten Cynischen Weißen,
dem Demetrius, dem mein Bruder die Erziehung des kleinen
Annius Pollio anvertraut hatte: und nicht anders glau-
bend, als daß dieser, den jedermann des Trajanus Sohn
nannte, mein Sohn Aelius Adrianus sein müßte, stellte er

ihm vor, wie unbillig es wäre, daß man uns denselben vorenthielte und trachtete ihn zu überreden, daß er den Knaben ohne meines Bruders Wissen ihm folgen lassen möchte." Goethe (Wilh. Meister): „Indessen hatte ich durch meine Kenntnisse und Handwerksthätigkeit in der Familie ziemlichen Einfluß gewonnen. Wie mein Vater als Bötticher für den Keller gesorgt hatte, so sorgte ich nun für Dach und Fach, und verbesserte manchen schad-haften Teil der alten Gebäude. Besonders wußte ich einige verfallene Scheuern und Remisen für den häus-lichen Gebrauch wieder nutzbar zu machen; und kaum war dieses geschehen, als ich meine geliebte Capelle zu räumen und zu reinigen anfing. In wenigen Tagen war sie in Ordnung, fast wie ihr sie sehet; wobei ich mich bemühte, die fehlenden oder beschädigten Teile des Täfel-werks dem Ganzen gleich wieder herzustellen."

Oct. II 1141: „Hiernächst von ihren Leuten bei hundert bewährter Personen mit sich nehmend, gingen sie vor Mitter-nacht aus ihrem Palast." Goethe (Wilh. Meister): „Sie trafen auf eine Waldblöße und sahen einen steilen, hohen, nackten Felsen über alles hervorragen, die hohen Wälder selbst tief unter sich lassend."

Oct. II 1209: „Plautia mit ihren Freunden befand sich in voriger Beratschlagung, den Tyridates und die Claudia betreffend." Goethe (Wilh. Meister): „Zog sich der Blick wieder zurück, so drang er in schauerliche Tiefen, von Wasserfällen durchrauscht, labyrintisch mit einander zusammenhängend."

Oct. II 806: „Sobald nun der Prinz wieder allein war, ging er zu seiner Schwester, die er bei der jungen

Pudentiana in recht vergnügter Gesellschaft antraf. Er er=
zählte ihr, wer bei ihm gewesen, und was er mit ihm ge=
redet hatte: Das sie alles genehm hielt und nur herzlich
wünschte, daß alles wohl möchte hernach gehen. Ihr Ver=
langen, ihre alte Freundinnen, als die Domitia Decibiana,
die Sulpitia Präterta und die Cönis zu sehen, wachte nun
auch in ihr wieder auf: welches ihr Aelius Abrianus, als
sie ihn, ihr hierzu zu verhelfen gebeten, abgeschlagen hatte,
da sie nun solches durch den Pudens Ruffus zu erlangen
verhoffte. Drusus ging hierauf fürder nach dem Tyridates,
woselbst er den Prinzen Ariaramnes ja so betrübt, als den
Vasaces fröhlich antraf. Der König sowohl als dieser sein
Feldherr hatten mit diesem Verliebten eben zu thun, von
ihm sein Anliegen zu erfragen: das doch nicht heraus wollte.
Es war ihm dasjenige, so ihm am Morgen widerfahren,
so unvermutet gekommen, daß er sich nicht wieder erholen
konnte. Die Ankunft des Drusus verminderte sein Anliegen
gar nicht, und vermochte er diesen seinen Mitbuhler nicht
anzusehen, sonder sein Unglück ihm von neuem vorzustellen."
Goethe (Wilh. Meister): „So heiter gestimmt kamen alle
vier mit Sonnenuntergang wieder nach Hause. Antoni
fand sich ein; die Kleine jedoch, die an diesem bewegten
Tage noch nicht genug hatte, ließ einspannen und fuhr
über Land zu einer Freundin, in Verzweiflung, sie seit
zwei Tagen nicht gesehen zu haben. Die vier Zurück-
gebliebenen fühlten sich verlegen, ehe man sichs versah,
und es ward sogar ausgesprochen, daß des Vaters Aus-
bleiben die Angehörigen beunruhige. Die Unterhaltung
fing an zu stocken, als auf einmal der lustige Junker auf-
sprang und gar bald mit einem Buche zurückkam, sich

zum Vorlesen erbietend. Lucinde enthielt sich nicht zu
fragen, wie er auf den Einfall komme, den er seit einem
Jahre nicht gehabt; worauf er munter versetzte: Mir
fällt alles zur rechten Zeit ein; dessen könnt ihr euch nicht
rühmen. Er las eine Folge ächter Märchen, die den
Menschen aus sich selbst hinausführen, seinen Wünschen
schmeicheln und ihn jede Bedingung vergessen machen,
zwischen welche wir, selbst in den glücklichsten Momenten,
doch immer noch eingeklemmt sind."

Oct. II 231: „Ariaramnes sah, als er dieses sagte,
dem Barbanes stark in die Augen, vermeinend, aus dessen
Gebärden zu erforschen, ob er von des Tyribates Anwesen-
heit in Rom etwas wüßte." Goethe (Wilh. Meister): „Ver-
muthend, man habe sie gesendet, ihn abzuholen, ihn mit
schicklichen schwesterlichen Worten in die Gesellschaft,
seinem widerlichen Schicksal entgegenzuführen, rief er aus:
Sie hätte man nicht senden müssen!"

Oct. II 958: Weil nun mein Widersprechen hiergegen
nichts gelten wollte, ließ ich ihn bei seiner falschen Einbildung und fuhr in meiner Vertraulichkeit fort, ihm er-
öffnend, wie ebenfalls in unserer Gesellschaft eine Dame
sich befände, die gleiches Sinnes mit mir, ihr einen zu
lieben erkieset." Goethe (Wilh. Meister): „Als dieses alles
vollbracht war, überlegte man den Inhalt des Briefes,
zuerst sich über das Unterkommen des guten Felix be-
ratend, wobei der alte Freund sich ohne Weiteres zu
einigen Maximen bekannte, welche der Erziehung zu
Grunde liegen sollten." —

Diese Proben werden hier genügen. Anton Ulrichs
Sprache ist auf keiner Seite schlechter; sie wäre auch heute noch,

von wenigen veralteten Formen abgesehen, mustergiltig.
Manche unserer heutigen Schriftsteller, wie z. B. Paul
Heyse, Wildenbruch, Wolff u. a. bleiben in ihrem Stil
erheblich unter der reinen, gewandten, klaren Sprache des
Herzogs Anton Ulrich.

IV. Die letzten Jahre 1705—1714.

Wir haben den Kreis der dichterischen Werke des
Herzogs jetzt durchmessen und kehren nun zurück zu den
Ereignissen seines bewegten Lebens, soweit sie hier in Be-
tracht kommen.

Wie oben erwähnt, hatte der Herzog Rudolf August
schon 1667 seinen Bruder Anton Ulrich zum Statthalter
ernannt. Wenn dem letztern hierdurch auch eine bedeut-
same Stellung eingeräumt wurde, so konnte doch jeder Tag
die Macht wieder aus seinen Händen nehmen. Sicherer
gestaltete sich Anton Ulrichs Stellung, als Rudolf August,
der aus erster ebenbürtiger Ehe nur zwei Töchter besaß,
als Witwer an eine zweite morganatische Ehe dachte, welche
er 1687 auch wirklich einging. Zuvor hatte er seinen
Bruder, dessen Söhne nun allein für die Nachfolge in Betracht kamen, 1685 als Mitregenten angenommen. Dadurch war für Anton Ulrich die Herrschaft dauernd ge-
sichert.

Aber auch diese Errungenschaft hatte nicht viel zu bedeuten gegenüber den Ansprüchen, die Anton Ulrichs weit-
umfassender Geist ans Leben stellte. Und dazu kamen noch
besondere Ereignisse, welche den Ehrgeiz des Herzogs mächtig
aufstachelten. Das 17. Jahrhundert war die Zeit des allgemeinen Aufschwungs der Herrschermacht, aber nur wenigen

Fürsten gelang es, sich eine Krone für ihr Haupt zu erringen. Die sächsischen Kurfürsten gewannen den polni-
schen Thron, die Zollern wurden Könige; keiner aber stieg
glänzender, als ein jüngerer welfischer Fürst der hannoverschen Linie, der Verweser des Bistums Osnabrück, Ernst
August. Durch das Aussterben der Welfenfürsten in Har-
burg (1642) und durch den Tod seines Bruders Johann
Friedrich in Hannover (1679) wurde Ernst August Herr
aller dieser Länder, und durch seine geschickte Politik und
große Opfer, die er dem Hause Habsburg brachte, gelang
es ihm, 1692 für Hannover die Kurwürde zu erringen.
Ernst August starb 1698, sein Sohn und Nachfolger Georg
Ludwig erhielt als Erbe der Stuarts 1701 die Anwart-
schaft auf den englischen Thron, den er 1714 bestieg, nachdem er 1705 auch noch das Herzogtum Celle geerbt hatte.

Welche Machtfülle, welcher Glanz war der jüngeren
Welfenlinie zugefallen! Und Anton Ulrich, der Hauptver-
treter der ältern Linie, saß als Mitregent in der kleinen
Landstadt Wolfenbüttel; ihm bot sich keine Aussicht, seine
hochfliegenden Wünsche zu verwirklichen. Vergebens forderte
er die Kurwürde auch für die zurückgesetzte ältere Linie;
vergeblich suchte er, als der Kaiser ihn nicht hören wollte,
Hilfe bei Brandenburg, Dänemark, Holland; niemand wollte
für seine Ansprüche eintreten. Da wandte Anton Ulrich
sich an Frankreich und schloß 1701 ein förmliches Bündnis
mit der französischen Regierung zur Aufrechthaltung seiner
„alten Prärogative und Rechte". Aber dieser Vertrag,
dessen Spitze natürlich gegen Hannover gerichtet war, blieb
nicht verborgen, besonders als in Wolfenbüttel umfangreiche
Rüstungen begannen.

Doch nun griff Hannover entschlossen ein; am 20. März 1702 ließ Georg Ludwig mit kaiserlicher Genehmigung seine Truppen in das Herzogtum einrücken. Anton Ulrich mußte flüchten, er ging nach Gotha, Berlin, zuletzt zu seinem Schwiegersohn in Schwarzburg-Arnstadt. Es blieb dem Herzog Rudolf August überlassen, mit dem hannoverschen Vetter einen Vergleich zu schließen und in demselben die Stellung Hannovers als nunmehriges Haupt des Welfenhauses anzuerkennen. Bald nachher, 26. Januar 1704, starb er, und nun war Anton Ulrich regierender Herr.

Von der gefährlichen Verbindung mit Frankreich trat er jetzt zurück und schloß sich wieder dem habsburgischen Kaiserhause an. Es schien, als sollten seine ehrgeizigen Wünsche nun doch noch befriedigt werden. Elisabeth Christine, Anton Ulrichs Enkelin, wurde als Gemahlin für den Erzherzog Karl, den späteren Kaiser, in Vorschlag gebracht; als Bedingung aber wurde der Übertritt zur katholischen Kirche gefordert. Anton Ulrich mußte den starken Widerstand seiner gesamten Familie zu besiegen; Elisabeth Christine wurde 1707 in Bamberg katholisch, am 1. August 1708 mit Karl VI vermählt, und mit dessen Thronbesteigung 1711 Kaiserin. Das Opfer des Glaubens hatte glänzenden Lohn gebracht.

Und auch für Anton Ulrich schien der lang ersehnte Glücksstern erscheinen zu wollen. Im spanischen Erbfolgekriege hatten die Kurfürsten von Baiern und von Köln sich zu den Franzosen gehalten. Nach dem Siege von Höchstädt wurden sie beide vom Kaiser in die Acht erklärt, ihrer reichen Länder beraubt. Baiern wurde zerstückelt; auf das Erzstift Köln und das damit verbundene Bistum Hildes-

heim machte man dem Herzoge Anton Ulrich Hoffnung;
erfüllen konnte sich dieselbe natürlich nur, wenn der Herzog
katholisch wurde. Anton Ulrich zögerte nicht, diesen Schritt
zu thun. Er trat kurz vor Weihnachten 1709 in Braun=
schweig in der Stille, dann am 11. April 1710 öffentlich
in Bamberg zur römischen Kirche über. Die Gründe,
welche den 76jährigen Fürsten zu dem Schritt bestimmten,
waren lediglich politische; er sah in dem Glaubenswechsel
ein Opfer, welches er der Machtstellung seines Geschlechtes
schuldig zu sein glaubte. Die verheißenen Länder hat Anton
Ulrich nicht bekommen, und des neuen Glaubens ist er
nicht froh geworden. Er zeigte fortan eine „große Unruhe
des Gemüthes, welches nimmer tranquil werden will, wo=
rüber alle Leute klagen" — wie sein Leibarzt schrieb.

Kurz vor seinem Tode wandte sich Anton Ulrich an
den Papst Clemens XI und bat ihn um die Erlaubnis,
das Abendmahl unter beiderlei Gestalten nehmen zu dürfen.
Die Antwort war eine abschlägige. Noch zweimal erneuerte
der Herzog aufs bringendste seine Bitte, aber er fand kein
Gehör. Auf seinem Totenbette ließ er außer dem katholi=
schen Priester auch einen protestantischen Geistlichen rufen
und sich durch ihn auf den Tod vorbereiten.

In der Nacht zum 27. März 1714 starb Herzog Anton
Ulrich in Salzdahlum; in der Krypta der evangelischen
Hauptkirche zu Wolfenbüttel wurde er, seinem letzten Willen
gemäß, „bei nächtlicher Zeit und mit Unterlassung aller
Ceremonieen" beigesetzt. Der Fürst, der in seinem Leben des
Glanzes nicht genug haben konnte, ging sehr still in den Tod.

Herzog Anton Ulrich war kein gewöhnlicher Charakter.
Unentwegte Begeisterung für alles wahrhaft Große und

Gute werden ihm auch seine Gegner nicht absprechen können; gerade dieser Zug hebt ihn empor über seine Zeit, als deren Sohn er sich sonst in seinen Schwächen erwies. Seine großangelegte Natur konnte sich in die engen Schranken des kleinen Fürstentums mit seiner fast ausschließlich Ackerbau treibenden Bevölkerung nicht fügen; aber während andere Fürsten in ähnlichen Verhältnissen sich dem Müßiggang und dem Sinnengenuß hingaben, suchte Anton Ulrich Bethätigung für seine Geisteskraft auf dem Gebiete der Dichtung. Und nicht eine vornehme Spielerei war sie ihm, sondern ein ernstes Lebenswerk. Welche Arbeit steckt allein in den elf dicken Bänden seiner beiden Romane! Welche ganz ungewöhnliche Fülle von gediegenem Wissen weisen sie auf! Auch heute werden unter unsern Zeitgenossen nicht viele zu finden sein, deren Bildung einen so weiten Kreis umspannt, wie der Herzog ihn beherrschte.

Äußerlich schloß Anton Ulrich sich den Schlesiern an, welche auch in der von Siegmund von Birken verfaßten Vorrede zur Aramena besonders gepriesen werden. Mit Lohenstein und Ziegler teilt Anton Ulrich die Vorliebe für weitschichtige Anlage seiner Romane; wie jene läßt er nur Personen aus den obersten Ständen auftreten, und verlegt, wie jene, den Schauplatz der Begebenheiten in fremde Länder. Mehr aber als im Arminius und der Banise erscheinen die Gestalten der Aramena und der Octavia als wirkliche Menschen, und darum sind sie tiefer und lebensvoller als die Personen jener Werke. Starke Sinnlichkeit zeigt sich in manchen Stellen, aber schlüpfrige und gräßliche Bilder fehlen ganz. Weit entfernt hält Anton Ulrich sich von der plumpen Formlosigkeit seines Landsmannes

Buchholz, dessen Eitelkeit immer wieder mit seinen trocknen Schulmeisterreden prunkt und dadurch jeden Zusammenschluß zur Kunstform unmöglich macht.

Den Hamburgern nähert sich Anton Ulrich durch die klare, reine Sprache und die Durchsichtigkeit der Darstellung, in welcher die Einwirkung seiner klassischen Vorbilder sichtbar wird.

Alle genannten Dichter aber übertrifft er durch seine reiche, weitspannende Fantasie, durch den seelischen Adel seiner Gestalten, und besonders durch seine großartige psychologische Kunst, die überall hervortritt und jeden anziehen muß, der sich die Mühe nimmt, seine Werke wirklich zu lesen. Man wird finden, daß der Herzog uns Modernen weit näher steht, als man bisher hat annehmen wollen.

Das 17. Jahrhundert ist keine Zeit der literarischen Meisterschaft, aber in ihm liegen die Anfänge dessen, was im 18. Jahrhundert zur Reife gelangte. Nicht die gedruckten Werke allein enthalten das dichterische Empfinden einer bestimmten Zeit; in der Volksseele regen sich wohl auch noch andere Strömungen, die mächtiger sind, als der Geist, der auf dem Büchermarkte das Scepter führt; diese Strömungen sind es, welche die Zukunft schaffen. Und man sollte meinen, solche Gewalten ließen sich auch in Anton Ulrichs Werken spüren, in den Stellen, wo sein reiches Gemüt, sein feiner Sinn dem fremden Ton entsagt und mit volkstümlichen Worten in deutschem Geiste redet. Überhaupt würde ein genaueres, liebevolleres Studium jener Zeit noch manche Beziehungen zwischen beiden Jahrhunderten aufdecken können. Bei keinem Schriftsteller aber würde die Ausbeute ergiebiger sein, als bei Anton Ulrich. Durch den Reichtum seiner Erfindung weist er auf Wie= land hin, durch seine menschlich schöne, echt humane An= schauung auf Herder, und seine anmutige, reine Sprache zeigt, wie gesagt, nicht geringe Verwandtschaft mit dem Stil Goethes. Beurteilt, gespöttelt hat über ihn vom hohen Roß herunter mancher Kritiker; gelesen hat ihn kein einziger, als Cholevius, und dieser achtet ihn hoch.

Als Regent war Anton Ulrich milde und gerecht, ein Freund der Armen; scharfe Urteile ertrug er, sofern sie sachlich begründet waren; niemals hat er sich dafür gerächt. An Schwächen fehlte es ihm nicht, doch auch in ihnen liegt ein großer Zug. Er liebte den Aufwand mehr, als seine Mittel ihm erlaubten, aber für die großen Summen, die er ausgab, beschaffte er auch kostbare Gemälde und andere Kunstgegenstände, die noch heute zu den wertvollsten Be= ständen des Herzogl. Museums gehören. Auch die Biblio= thek zu Wolfenbüttel erfuhr durch ihn ansehnliche Bereiche= rung, besonders durch Handschriften von höchstem Werte. Daß er für die Bücherschätze ein neues, geschmackvolles Gebäude aufführen ließ, ist schon erwähnt. So stehen den Schwächen dieses Fürsten auch große Verdienste gegenüber. Aber seine Fehler entsprangen aus den Versuchungen seiner begehrlichen Zeit; seine Tugenden gehörten seinem eigenen edlen Geiste an.

Das Herzogl. Museum zu Braunschweig verwahrt zwei Marmorbüsten Anton Ulrichs. Die eine, aus seinen besten Mannesjahren, zeigt geistvolle, ungemein energische Züge mit starkem Kinn und vollen Lippen; die kühnste Hoffnung spricht aus diesen schönen Zügen, diesem großen Auge, das, nach einem Ölbilde des Herzogl. Museums, dunkelblau und glänzend war.

Die andere Büste ist ein Abbild des Greises; die Züge sind scharf eingefallen, das Kinn ist spitz geworden; ein schmerzliches Entsagen ist der vorherrschende Ausdruck des bedeutenden Antlitzes.

Beide Bilder neben einander vergegenwärtigen das Leben eines Mannes, der mutvoll nach großen Zielen strebte. Aber das Schicksal vergönnte ihm nicht, sie zu erlangen. Als Beherrscher eines großen Reiches würde Anton Ulrich eine der bedeutendsten Gestalten der Geschichte geworden sein. Gerungen hat sein feuriger Geist bis zur letzten Stunde. Magnum voluisse magnum est!